Hanna Eschenhagen

Genital Traffic
[*Geschlecht*sverkehr]

AF235800

DIE AUTORIN

Als kleines Mädchen war Hanna Eschenhagen ein hässlicher Bengel. Abgeschieden und verstoßen von der stets auf Äußerlichkeiten bedachten Umwelt verschlang der unansehnliche Bub in seinem Kinderzimmer im beschaulichen Ostwestfalen-Lippe haufenweise Bücher und wurde exorbitant schlau.

Irgendwann hat die Pubertät ein bisschen Magic geschehen lassen und aus Zahnspangenboy Hans wurde Hotmaus Hanna. Intelligenz gepaart mit Cuteness; das Resultat dieser Kracherkombi liegt nun in euren Händen: Literarische Ergüsse der Extraklasse zu den ganz großen Gefühlen, der vermeintlich schönsten Nebensache der Welt und Chicken Nuggets.

Bibliografische Information der Deutschen
Nationalbibliothek: Die Deutsche Nationalbibliothek
verzeichnet diese Publikation in der Deutschen
Nationalbibliografie; detaillierte bibliografische Daten sind
im Internet über dnb.dnb.de abrufbar.

Herstellung und Verlag:
BoD – Books on Demand, Norderstedt

ISBN: 9783756225651

VORWORT

Bücher über guten Sex, überwältigende Orgasmen und erfüllende Exkurse in die Fetischszenen dieser Welt gibt es viele. Eine nicht zu verachtende Anzahl an Menschen wird dabei aber vergessen – Menschen wie du und ich[1], die mit mittelmäßigem Sex und durchschnittlich attraktiven Körpern das Leben bestreiten müssen. Menschen wie Paul und Nele, die Protagonisten dieses künstlerisch anspruchsvollen Werks.

---

[1] vielleicht wie du, sicherlich nicht wie ich - ich habe einen traumhaften Körper samt prächtiger Vulva. Auch meine Gynäkologin sagt regelmäßig: „Frau Eschenhagen, Sie haben wirklich die schönste Scheide der Welt", bevor sie mir zum Abschied einen Kuss auf den Venushügel haucht.

DANKSAGUNG

Ich möchte mich vor allem bei all den Menschen bedanken, die Inspiration und Muse für meine Texte waren. Ohne manche Begegnungen wäre meine Fantasie niemals so beflügelt worden.

Hinweis in eigener Sache
Manch einer dürfte sich an der einen oder anderen Stelle im Buch aus mir schleierhaften Gründen denken: „Das ist politisch völlig inkorrekt, vom ethischen Standpunkt aus betrachtet geradezu verwerflich."
Diese imaginäre Person möchte ich darum bitten, stets folgende Geschichte im Hinterkopf zu behalten: Einst traf ich auf einer Party auf eine Person, die wegen eines kürzlich erfolgten Kieferbruchs ein Headgear trug und den gesamten Abend über nur durch einen Strohhalm essen und trinken konnte. Von Schmerzen gebeutelt und augenscheinlich darunter leidend, wie schlecht pürierte Lasagne schmeckt, machte der junge Mann einen desolaten Eindruck. Altruismus ist mein Lifestyle. Wohltätig und selbstlos, wie ich war – und noch immer bin - nahm ich ihn für eine Stunde in meine Obhut.
Die Menschen in meinem Umfeld bezeichnen mich seither häufig als Sankt Martin 2.0: Ich gab einem armen Menschen nicht etwa eine einzige erbärmliche Mantelhälfte, sondern gleich meine ganze Scheide.
An jenem Abend sammelte ich genügend Karmapunkte für dieses – und noch drei weitere Bücher dieser Art.

INHALT

Vorstellung
PAUL

Paul hat eine Abneigung gegen Wörter, die mit "sch" anfangen. Nicht nur, weil "scheiße" und "schlecht" im Allgemeinverständnis vieler per se keine guten Wörter sind und das Wort "Scheide" einen enormen Cringe-Faktor mit sich bringt, sondern vor allem, weil ihm der Zusatz "sch" den Körpertyp versaut. Aus mächtig wird schmächtig – und Paul hat es versucht - aber kein Proteinriegel aus der Rossmann-Fitnessabteilung konnte ihm jemals zu breiteren Schultern verhelfen.

Paul hat aschblondes Haar, das er stets etwas zu lang trägt – ein bisschen wie Justin Bieber mit 14 Jahren. Er hat grau-grüne Augen und recht buschige Augenbrauen, seine Nase ist für einen Mann sehr klein und schmal. Seit er im Teenageralter gegen eine Laterne gelaufen ist und sich dabei die Nase gebrochen hat, durchbricht jedoch ein dicker Knubbel das ansonsten schmale Nasenbild. Paul hat sehr volle, fast sinnliche Lippen, auf die Nele manchmal neidisch ist und ist 1,79 Meter groß. Er weiß, dass viele Frauen keine Männer unter 1,80 daten würden – deshalb sagt er immer, dass er 1,82 misst. 1,80 sagen fast alle Männer, die zwischen 1,76 und 1,79 groß sind - ein absoluter Anfängerfehler. Auch Nele hat er noch nicht gesagt, dass er kleiner ist, als er stets behauptet.
Paul mag seine Kleidung praktisch und in der Anwendung zeiteffizient, deshalb trägt er zu Neles Leidwesen fast nur Klettschuhe und verwendet noch immer das

Klettportemonnaie aus der fünften Klasse. Er versteht ihre Abneigung nicht: Während sie sich noch die Schuhe bindet, sitzt er schon fertig geklettet im Auto. Und wenn die Portemonnaies von 4-YOU so lange halten – wieso dann nicht auch weiterhin nutzen?

Paul ist sehr dünn, einzig um seine Brustwarzen herum hat sich etwas überschüssiges Gewebe angesammelt – es lässt seinen Brustbereich aussehen wie den eines pubertierenden Mädchens. Durchbrochen wird dieses Bild von recht langen, dunklen Haaren, die sich um seine hella-ketchupflaschendeckelgroßen Brustwarzenhöfe winden. Paul entfernt die dunklen Kreise um seine Brustwarzen nicht – er findet, dass ihm diese eine gewisse Maskulinität verleihen; ein Attribut, das bei seinem Anblick sonst eher abwegig scheint. Brust, Beine und Arme sind bei Paul unbehaart, bis auf seine Flauschbrüste ist ansonsten nur noch der Pfad vom Bauchnabel bis zum Penis dicht bewaldet.

Pauls Hintern ist von einer Jugendsünde gezeichnet – bei dem Versuch, seinen Furz zu entzünden, gerieten die Haare rund um seine Rosette in Brand, was ihm lebenslange Brandnarben einbrachte. Jedes Mal, wenn ein Wetterumschwung bevorsteht, jucken die Narben recht kräftig. Dann kann Paul sich einen Tag lang kaum auf etwas anderes konzentrieren als auf seinen ihn piesackenden After.

Pauls Penis hat schlaff eine sehr lange Vorhaut, selbst in steifem Zustand bleibt ein Zipfel an der Penisspitze überstehen – wie die Darmpelle am Bratwurstende, an der man bei Verzehr unangenehm lange zu kauen hat. Sonst ist er aber recht zufrieden mit seinem Penis und findet, dass die leichte Krümmung seinem kleinen Freund Charakter verleiht.

Pauls größtes Hobby ist Wrestling – schon während der Arbeitszeit schaut er auf einem kleinen Fenster auf seinem Bildschirm Wrestlingshows, nach Feierabend verbringt er viel Zeit in Fan-Foren. Manchmal erregt ihn der wilde Kampf zwischen den muskelbepackten Männern, dann schämt er sich etwas und wundert sich über seine Gedanken. Paul sagt gerne, dass auch er wrestlen könnte, da der Kampf immerhin nur eine einstudierte Choreografie sei. Da ihm im Forum "Wilde Wrestlingfantasien" noch nie jemand widersprochen hat, glaubt er weiterhin fest an seinen Traum.

Paul arbeitet als Bürokaufmann bei Edeka. Normalerweise kann er sich nicht besonders für seinen Beruf begeistern - es war einfach sehr praktisch, nach dem Abitur bei den Eltern wohnen zu bleiben und lediglich in den nächsten Ort fahren zu müssen. Jedes Jahr an Weihnachten, wenn Edeka einen neuen, herzerwärmenden Werbespot herausbringt, ist er aber kurzzeitig sehr stolz darauf, für dieses Unternehmen arbeiten zu dürfen und unterlegt sein Profilbild bei Facebook mit dem Banner "Wir lieben Lebensmittel".

Vorstellung
NELE

Nele ist 1,74 Meter groß - und wäre gern etwas kleiner, weil sie mit hohen Schuhen genauso groß ist wie Paul und dann auffällt, dass er bei der Größe schummelt. Sie hat hellblondes, recht dünnes Haar, das sie gern im Dutt trägt und hellblaue Augen. Da ihre Augenbrauen und Wimpern sehr hell sind, sieht es ungeschminkt so aus, als hätte sie keine – das lässt ihr Gesicht völlig konturenlos wirken und prädestiniert Nele für eine Schauspielrolle in der Serie "Club der roten Bänder". Für ihre Körpergröße hat sie zwar recht kleine Brüste, dafür aber außergewöhnlich große Brustwarzen. Seit ihrer Abifahrt nach Lloret de Mar ist Nele stolze Besitzerin eines Bauchnabelpiercings. Deshalb trägt Nele gern sehr enge Tops und T-Shirts, die ihrem Figurtyp zwar nicht schmeicheln, dafür aber zulassen, dass sich nicht nur jedes Gramm Fett, sondern auch ihr Bauchschmuck abzeichnen kann.

Als Teenagerin hatte Nele – wie die meisten jungen Frauen – mit ihrem Selbstwertgefühl zu kämpfen: Nicht dünn genug, zu kleine Brüste, die Zähne nicht so strahlend-weiß wie in der Werbung, die Haare dafür strohiger – und die Haut: eine (un)reine Katastrophe. Einen echten Confidence-Boost erfuhr Nele, als der bekannteste Fotograf des ganzen Dorfes sie für ein Fotoshooting vor die Linse nahm. Zunächst mutete es Nele seltsam an, dass sie zu dem Shooting mit Harald in High Heels und Bikini kommen sollte; bei einem Kieswerk als Kulisse hätte Nele eher an ein angezogeneres Outfit gedacht. Als sie dann aber im Anschluss die Fotos von sich in den Händen hielt und zu ihrer Bestätigung nach Veröffentlichung des Stadtmagazins gleich vier Nachrichten von Männern mittleren Alters bekam, dass sie einen wirklich tollen Körper und eine äußerst sexuelle Ausstrahlung habe – da wusste Nele, dass sie alles richtig gemacht hatte. Außerdem hatte es ihr auch wirklich Spaß gemacht, für einen Tag ein Model zu sein, keck die Arme in die Hüften zu stemmen und sich im Sand zu wälzen.

Im Sommer trägt Nele Ballerinas, auch wenn sie weiß, dass die platten Schläppchen schon längst nicht mehr angesagt sind. Dafür macht sie sich im Winter gerne schick und trägt Stiefeletten mit einem kleinen Absatz, der bei jedem Schritt unangenehm laut klackert. Vom grundsätzlichen Erscheinungsbild her ist sie eher ein heller Typ – auch im Sommer wird sie nur rot, um dann wieder weiß zu werden. Neles Schamhaar ist längst nicht so dunkel wie das von Paul und da sie keinen starken Haarwuchs hat, entfernt sie meist nur die Haare, die aus ihrem Tankini hervorlugen könnten.

Mit ihrer Scheide ist Nele eigentlich ganz zufrieden – sie hat aber auch kaum Vergleichswerte. Manchmal klappt sie, bevor Paul sie nackt sieht, die äußeren über die inneren Schamlippen. Nele hat einmal gehört, wie ein Kumpel von Paul große Schamlippen als Truthahnhälse bezeichnete; seither hat sie Angst, dass auch ihre diesen undankbaren Spitznamen bekommen könnten.

Einen Orgasmus hatte Nele noch nie. Da Paul ihr aber einmal gesagt hat, dass die meisten Frauen sowieso nicht kommen können und es für den Geschlechtsverkehr auch nicht essenziell sei, dass die Frau zum Höhepunkt kommt, hat Nele ihr Dasein in der Orgasmuslosigkeit akzeptiert. Zumindest Paul kommt jedes Mal und das außerordentlich schnell; die Orgasmusbilanz des Paares ist also im Rahmen.

Sport mag Nele nicht besonders und das sieht man ihr auch an. Sie ist zwar nicht wirklich dick, "straff" zählt jedoch auch nicht zu den Wörtern, die einem Betrachter ihres Körpers in den Sinn kommen. Manchmal sagt sie spaßeshalber, dass Puzzeln ihr Sport ist – immerhin tut ihr nach Stunden des verkrampften Kopfbeugens über dem Puzzletisch auch jeder Knochen im Körper weh. Die fertigen Puzzles rahmt Nele ein und hängt sie auf; mittlerweile ist schon eine beachtliche Bildersammlung zusammengekommen, deshalb nennt Nele ihren Flur auch gern "die Galerie".

Ein weiteres Hobby von Nele ist das Handlettering, das sie erst kürzlich für sich entdeckt hat. Seither schickt sie viele süße Karten mit lustigen und nachdenklichen Sprüchen an ihre Freunde und Verwandte.

Nele arbeitet als Bankkauffrau. Nicht der spannendste Job, das weiß sie. Aber das Einkommen ist – am Aufwand gemessen – mehr als in Ordnung, sie konnte bei ihren Eltern wohnen bleiben, als sie in der Ausbildung war und darf bei der Arbeit schicke Anzughosen und Blusen tragen. Am Ende des Tages ziert stets ein Speckrand von Make-Up und Puder den Kragen der Bluse, da Nele Gesicht und Hals mindestens drei Hauttöne dunkler schminkt, um nicht allzu blass auszusehen.

Nele hätte gerne eine Katze, weil sie Katzen liebt und Katzenkratzbäume in Wohnungen wunderschön findet, leidet aber unglücklicherweise an einer extremen Tierhaarallergie. Als Ersatz für ein echtes Kätzchen hat sie sich eine kleine Ecke eingerichtet, in der sie alles rund um Katzen sammelt; Karten mit lustigen Sprüchen, Hello-Kitty-Fan-Artikel und Stofftiere. Das ist zumindest ein kleiner Trost, findet sie.

Die Kennenlerngeschichte
Neles POV

Jonas kenne ich schon seit Ewigkeiten, das erste Mal gesehen habe ich ihn im Konfirmandenunterricht. Und genauso lange finde ich ihn auch schon ziemlich gut. Um ein kleines Zeichen zu setzen, habe ich mir damals den gleichen Spruch wie er zur Konfirmation herausgesucht; gefühlt war ihm das herzlich egal. Männer verstehen wenig von Romantik.

Danach sind wir uns kaum noch begegnet, in meinem Kopf und meinen Tagebüchern war Jonas aber nach wie vor präsent.

Zur Party anlässlich des 18. Geburtstags meiner Freundin Anne war Jonas ebenfalls eingeladen und ich witterte meine große Chance – endlich, nach Jahren des Wartens. Ich zog meine nigelnagelneue Blümchenbluse von New Yorker an, die bedingt durch ihren hohen Polyestergehalt zwar nach zwanzig Minuten nach Schweiß riechen dürfte, dafür aber einen gewagten Blick in meinen Ausschnitt erlaubte. Dazu kombinierte ich meine kleine mit Glitzersteinchen verzierte Umhängetasche und Ballerinas im gleichen Look. "All eyes on me" sollte mein Motto des Abends werden.

Jonas kam etwa drei Stunden zu spät zur Party. Bis dahin hatte ich etwas Sektbowle getrunken und ein klein wenig getanzt – wegen der Müffelgefahr meiner Polyesterbluse aber nicht besonders wild. Zwischenzeitlich hatte ich Angst, dass er gar nicht kommen würde, dann stand er plötzlich direkt neben mir.

Ich nickte ihm cool zu: „Hey Jonas."

Er nickte zurück. Ich ging zu den Bierzeltgarnituren, füllte zwei Becher mit Bowle und bahnte mir den Weg zurück zu ihm.

„Ey, du hast doch noch gar nichts getrunken, Jonas! Auf einen einmaligen Abend, Prost!", sagte ich.

Ich drückte ihm schwungvoll einen der Plastikbecher in die Hand, wobei einiges an Bowle über seine Hände schwappte, und fügte ein "Woooh" hinzu, als ich ihm zuprostete. Danach ging ich weg – wenn er Interesse haben sollte, dann würde er schon ankommen. Von der Tanzfläche aus warf ich ihm immer wieder Blicke zu, die er nicht mitzubekommen schien. Wenn er einmal in meine Richtung sah, bemühte ich mich auszusehen, als hätte ich eine großartige Zeit und gigantisch viel Spaß. Nach einer Dreiviertelstunde wurde es mir zu blöd – offensichtlich hatte er die Zeichen ebenso wenig verstanden wie damals im Konfirmandenunterricht. Ich ging wieder zu Jonas zurück, der im Gespräch mit zwei Jungs war, und rempelte ihn kumpelhaft an.

„Na, alles frisch, altes Haus?", fragte ich und rempelte ihn gleich noch einmal an.

„Äh sag mal, Lina...", begann Jonas.

„Nele", warf ich ein.

„Oh sorry, also, Nele, kennst du schon den Paul?", fragte Jonas und zeigte auf einen blassen, schmächtigen Jungen neben sich.

„Nee, aber ich kenn dich und that's enough for now", sagte ich augenzwinkernd.

Plötzlich fasste Jonas mich am Arm und beugte sich zu mir herunter. Endlich war es so weit. Ich drehte mein Gesicht zu ihm, schloss die Augen und spitzte die Lippen.

Sein Atem kitzelte mich am Ohr, als er anfing zu sprechen: „Ey, Nele, ich bin echt so gar nicht interessiert, null. Aber mein Kumpel Paul ist echt ein feiner Kerl und ich glaube er findet dich ganz gut. Okay? Übrigens riechst du schlimm nach Schweiß, geh mal besser ins Bad."

Ich weiß noch, dass mir in dem Moment augenblicklich schlecht wurde – ich mir aber auf keinen Fall anmerken lassen wollte, wie weh mir seine Worte taten. Ich drehte auf der Stelle um und ging ins Badezimmer, um nach Deo zu suchen. Da ich keines finden konnte, griff ich zum Citrus-Badreiniger und sprühte mir damit jeweils zweimal unter jede Achsel. Was gegen Uringeruch und Schimmel hilft, sollte auch gegen Achselschweiß auf Polyesterstoff nicht machtlos sein. Ich schüttelte mein Haar, um ihm mehr Volumen zu verleihen und ging zurück auf den Dancefloor: Wenn einer nicht will, freut sich eben der Zweite. Zielstrebig ging ich auf den dünnen Freund von Jonas zu.

„Hey, ich bin Nele", stellte ich mich vor.

„Ja, ich weiß. Ich bin Paul", sagte Paul und ich glaubte, beim „ß" ein kleines Lispeln zu vernehmen. Ob es an einem Sprachfehler oder seiner Zahnspange lag, war mir in diesem Moment egal.

„Wollen wir knutschen?", fragte ich und Paul nickte.

Während unsere Zungen ihre Kämpfe austrugen, blickte ich hinüber zu Jonas. Es schien ihn tatsächlich nicht zu interessieren, was ich hier trieb; seltsam, in einem Film wäre er jetzt eifersüchtig geworden.

Paul und ich tauschten ICQ-Nummern aus und seither waren wir zusammen. Am Anfang chatteten wir sehr viel, spielten Zoopaloola und Slide-A-Lama, irgendwann trafen wir uns häufiger. Wir kuschelten, fütterten uns gegenseitig mit Ferrero Rocher und praktizierten Petting. Nach ein paar Monaten schliefen wir das erste Mal miteinander.

Mittlerweile sind wir seit acht Jahren zusammen. Nachdem wir beide mit dem Abi und unseren Ausbildungen fertig waren, zogen wir in eine gemeinsame Wohnung. Wir sind ein gutes Team, verstehen uns meist und Paul denkt an unserem Jahrestag und am Valentinstag sehr verlässlich an Blumen und Pralinen. Eigentlich gibt es also absolut keinen Grund zur Beschwerde, immerhin sind wir größtenteils ganz zufrieden – und darum geht es ja im Leben.

Als wir dann aber kürzlich eine Serie gesehen haben, in der es um eine offene Beziehung ging, fragten wir uns, ob wir wirklich gar nichts erlebt haben wollen, falls wir in naher Zukunft Kinder bekommen sollten. Und deshalb fassten wir den Entschluss, noch einmal richtig verrückt zu werden – und weg von unserem offensichtlich sehr gemäßigten Sexleben zu kommen.

Wir sprachen recht lange über diese Idee; vielleicht unser erstes langes Gespräch, seit wir uns kennen. Ein bisschen Angst hatten wir beide, dass uns die Sex-Experimente weiter auseinander- statt zusammenbringen könnten. Deshalb einigten wir uns darauf, alle Abenteuer gemeinsam zu erleben und nicht – wie es bei einer offenen Beziehung sonst meist der Fall ist – auf eigene Faust loszuziehen.

Ich bin gespannt, was die nächste Zeit mit sich bringt – und freue mich auf aufregende neue Erlebnisse – und vielleicht auch endlich mal einen Orgasmus.

Die Kennenlerngeschichte
Pauls POV

Um ganz ehrlich zu sein, wollte ich einfach endlich mein erstes Mal haben. Immerhin war ich schon 19 Jahre alt und ich hatte keine Lust, mit 20 immer noch ungefickt, die Jungfrau des Abijahrgangs zu sein. Mit wem dieses erste Mal passieren würde, war mir relativ egal. Als mein Kumpel Jonas mir dann Nele vorstellte, dachte ich mir: Ach, wieso eigentlich nicht. Klar fand ich Madita mit den Riesenbrüsten aus der Parallelklasse ein paar Ecken heißer, aber wenn ich sie und mich realistisch einschätzte, dann musste ich mir eingestehen, dass wir einfach in grundverschiedenen Ligen spielten. Nele war also eher eine "Besser-eine-als-keine"-Lösung, mittlerweile bin ich aber zufrieden mit ihr und unserer Beziehung. Sie ist ein wirklich nettes Mädchen und wird bestimmt einmal eine gute Mutter und Hausfrau sein.

1. Dreisamkeit

"PauLe" haben wir unser gemeinsames Tinderprofil genannt, eine Mischung aus Paul und Nele, das fanden wir ganz süß. "Offenes Mädchen für unser kleines Abenteuer gesucht" stand im Profil – und erst einmal ist zwei Wochen lang gar nichts passiert. Dann hatten wir endlich ein Match: Joana, 24 Jahre alt, recht klein, vielleicht 1,62 Meter groß. Sie hat kräftig-braunes, sehr kurzes Haar und ein Septum – ich glaube, ihren Typ bezeichnet man als burschikos.

Sie hat nur drei Fotos in ihrem Profil, aber man bekommt trotzdem einen guten Eindruck von ihr; natürlich spielt sie Fußball. Ihr Lächeln ist einigermaßen süß und ich glaube, dass sie als Junge echt hübsch sein könnte, ansonsten hat sie uns beide nicht so richtig angesprochen. Aber letztlich wollten wir beide diese Dreier-Geschichte endlich ausprobieren und jemand anderes stand halt nicht zur Auswahl. Joana war zum Glück direkt zu einem Treffen bereit, zwei Tage nach dem Match sind wir bei uns verabredet.

Ein bisschen seltsam finde ich es, dass ich Paul gleich mit einer anderen Frau teilen muss. Andererseits habe ich extra vorgesorgt und alle überattraktiven Frauen nach links geswiped, damit Paul nicht überschnappt.

Es klingelt, ich öffne die Tür und Joana tritt – mit einer Kiste Öttinger bewaffnet – in unseren Hausflur.

„Na dann mal auf einen schönen Abend, was?", begrüßt sie mich und tritt ihre dreckverklumpten Dr. Martens in die Ecke.

„Hey, ich bin Joana, könnt mich aber einfach Jo nennen", sagt sie zu uns beiden, geht voran ins Wohnzimmer, lässt sich auf das Sofa fallen und macht mit einem Totenkopf-Feuerzeug drei Bierflaschen auf.

Paul und ich werfen uns einen kurzen Blick zu – die beste Wahl haben wir wohl nicht getroffen. Aber in Pauls Blick lese ich auch, dass er es trotzdem durchziehen will, also bin auch ich dabei.

Wir setzen uns zu Jo; ich mit aufs Sofa, Paul auf den Hocker daneben. Eigentlich mag ich kein Bier, aber sie streckt mir die Flasche entgegen und ich weiß nicht, ob sie ein Nein tolerieren würde. Unter ihren Fingernägeln sind schwarze Ringe und es schüttelt mich etwas, als ich daran denke, dass sie damit gleich in mir sein wird.

Auch Jo scheint in Gedanken bei unseren Scheiden zu sein.

„Du hattest also noch nie was mit einem anderen Weib?", fragt sie mich, hält sich die Finger v-förmig vor den Mund und wackelt mit ihrer gepiercten Zunge hindurch.

„Nein", gebe ich zu, „ich habe mir heute aber einige Tutorials dazu angesehen."

Sie lacht, Paul guckt mich verwirrt an.

Naja, Vorbereitung ist nun einmal das A und O, nur so habe ich auch meine Ausbildung zur Bankkauffrau geschafft.

Jo scheint ziemlich Lust zu haben. Sie ist sehr nah an mich herangerückt, hat eine Hand auf meine rechte Brust gelegt und bewegt die fast leere Bierflasche zwischen ihren Beinen auf und ab. Mein Bier ist noch komplett voll, ich habe nur einmal daran genippt, Lust habe ich keine. Sie fordert Paul auf, sich mit aufs Sofa zu setzen und meine andere Brust zu massieren. Ich sitze zwischen den beiden, während meine beiden Brüste geknetet werden und bin froh, dass Paul vergessen hat, den Fernseher auszuschalten – so weiß ich wenigstens, wohin ich schauen soll.

Bei "Das perfekte Dinner" macht Robert gerade ein Schokoküchlein mit flüssigem Kern – der Dessert-Klassiker. Ich glaube, ich mag es klassisch auch am liebsten, aber jetzt haben wir nun einmal Joana aka Jo bei uns sitzen, die mit ihrer frech hochgegelten Kurzhaarfrisur immer näher an mich heranrückt. Sie küsst mich fordernd und mit sehr viel Zunge; ein kleines Spuckerinnsal läuft mir das Kinn hinunter und versickert irgendwo zwischen meinen Brüsten, ihr Mund schmeckt nach mehr als dem einen Bier, das sie gerade bei uns getrunken hat.

„Wer zuletzt nackt ist, hat verloren", sagt Jo und beginnt, sich auszuziehen. Ein unfairer Wettbewerb, wenn man bedenkt, dass sie einen Jogginganzug trägt. Ich bin als Zweite fertig, Paul hat ein Hemd an, das dauert. Ich bin froh, nicht verloren zu haben, auch wenn ich nicht weiß, was das bedeutet.

Jetzt stehen wir nackt voreinander. Die Glühbirne im Wohnzimmer wollte ich schon lange einmal auswechseln, jetzt weiß ich wieder wieso – das Licht ist einfach zu hell und kalt für eine wirkliche Wohlfühlatmosphäre. Paul scheint nicht nur das Licht als kalt zu empfinden, auch sein Penis ist offenbar Minusgraden ausgesetzt.

„Du hast wirklich schöne Titten", raunt Jo und ich bedanke mich für das Kompliment.

„Du auch", sage ich, obwohl ich ihre Brüste eigentlich zu groß finde – aber ich glaube, dass man einer Frau nicht sagen kann, dass sie ein wirklich schönes breites Kreuz hat. Sie fasst uns beide an den Händen und zieht uns mit sich ins Schlafzimmer.

Ich beschließe, mich jetzt ganz auf die Sache einzulassen, immerhin hatten wir beide die Dreier-Fantasie – und ich will mich auch nicht umsonst stundenlang über Sex mit Frauen informiert haben.

Im Schlafzimmer angekommen küssen Paul und sie sich, während sie mir die Brüste massiert und ich ihr. Sie stöhnt laut, also scheint richtig zu sein, was ich mache. Ich empfinde nicht besonders viel, wenn man mir an die Brüste fasst, falle aber in ihr Gestöhne ein.

Jo nimmt meinen Kopf und drückt mich nach unten, ich knie nun zwischen Paul und ihr und weiß nicht so recht, wem meine Aufmerksamkeit gelten soll. Das muskulöse, dicht behaarte Bein, das sie mir nun über die Schulter hängt, ist aber klares Zeichen und Aufforderung genug.

Ich nähere mich ihrem Intimbereich – sie hat einen Streifen Schambehaarung stehen lassen, ansonsten ist sie glattrasiert. Als ich an ihrer Scheide angekommen bin, schließe ich die Augen und versuche, mir das Tutorial Wort für Wort in Erinnerung zu rufen, das ich mir extra für diesen Moment auf YouTube angesehen habe. Ich beginne, ihre Schamlippen zu küssen.

Ich hätte gern Paul um Rat gefragt, aber ehrlich gesagt glaube ich, dass auch er gar nicht so viel Ahnung von Oralsex hat. Ich bringe langsam meine Zunge ins Spiel und gehe die Anweisungen im Kopf durch. Die Zunge von unten nach oben streichen lassen und dann auf der anderen Seite wieder hinab – dieses Mal mit der weichen Seite der Zunge, das soll sich besonders gut anfühlen. Noch bekomme ich kein Feedback von ihr zu hören, aber ich spüre an ihren rhythmischen Handbewegungen, dass sie gerade Pauls Penis wichst. Die beiden knutschen, also mache ich weiter mein Ding. Das ABC soll man lecken, habe ich gelesen – in Großbuchstaben und Schreibschrift. Ich habe lange nicht in Schreibschrift geschrieben und muss mich ziemlich konzentrieren; beim N wie Nudelauflauf angekommen, habe ich das Gefühl, dass meine Zunge zu krampfen beginnt.

Jo packt mich am Hals und ich muss ein klein wenig würgen, als sie mich zu sich hochzieht.

Paul scheint indes recht erregt worden zu sein, sein Penis steht wie eine Eins. Wir knutschen zu dritt, was irgendwie seltsam ist, weil man zwar wenig Lippen-, aber dafür viel Zungen- und Speichelkontakt hat. Sie legt sich auf das Bett und fordert uns auf, es ihr gleich zu tun.

Ich bin ein bisschen froh, dass sie den Ton angibt, ich wüsste sonst nicht, was zu tun ist. Sie leckt mich, was überraschend gut ist, bis mir wieder ihre Trauerränder-Fingernägel in den Sinn kommen und es mich direkt etwas zu jucken beginnt. Ich achte sehr genau auf ihre Zungenbewegungen, das ABC scheint sie nicht zu lecken. Währenddessen habe ich Pauls

Penis im Mund, der jetzt auch nach Bier schmeckt, aber dafür sehr steif ist. Irgendwas scheint sie richtig gemacht zu haben, vielleicht frage ich sie mal nach einem Tutorial.

„Macht ihr Süßen mal weiter", sagt Jo plötzlich, steht auf und stößt mit ihrem breiten Kreuz am Türrahmen an, als sie das Schlafzimmer verlässt. Eine Frau wie ein Schrank.

Paul dreht mich auf den Rücken und dringt in der Missionarsstellung in mich ein, ich bin froh über diesen Moment der Vertrautheit. Der Moment dauert nicht lange an. Jo steht am Fußende unseres Bettes und leert eine Bierflasche in einem Zug, während sie uns zusieht. Sie stößt laut auf und sagt: „Da haben wir den Verlierer ja schon in der Position, in der wir ihn brauchen", und winkt uns freudestrahlend mit einem Umschnalldildo zu.

Ich merke, dass Pauls Penis in mir etwas schlaff wird. Halb so wild, denke ich mir, den braucht er jetzt glaube ich sowieso nicht mehr zwangsläufig. Er kichert, nein gackert hysterisch. So habe ich ihn noch nie erlebt und erst denke ich, dass er vielleicht eine Panikattacke bekommt, aber ich einige mich mit mir selbst darauf, dass er wohl in heller Erregung ist und endlich das Abenteuer bekommt, das er sich schon lange gewünscht hat.

Und selbst wenn nicht – Wettschulden sind Ehrenschulden, er hätte sich ja einfach schneller ausziehen können. Mir ist das eine Nummer zu wild; ich ziehe mir Slip und Shirt über, wünsche den beiden noch viel Spaß und setze mich mit dem Handy auf das blaue Sofa in der Ecke des Schlafzimmers, Candy Crush Level 3.200.

Nachspiel
Pauls POV

Joana blieb an dem Abend noch etwa eine Stunde. Während vom Sofa in der Schlafzimmerecke in einer Tour "Plopps" und "Klingelingelings" ertönten, was mich vermuten ließ, dass es für Nele ziemlich gut bei Candy Crush lief, spuckte Jo mir auf meinen Anus. Ich spürte, wie ihr Speichel langsam in mein Innerstes sickerte, dann hörte ich, wie sie nochmals Spucke im Mund sammelte und auf ihren mitgebrachten Strap-On rotzte. Ihre Spucke hörte sich gelb an. Ich hätte mein Hemd wirklich nicht Knopf für Knopf ausziehen sollen.

Dann drang Jo in mich ein; behutsamer, als ich es von ihr erwartet hätte, dennoch ausreichend, dass mir der Atem stockte. Zuvor hatte ich mir einige Male meinen Finger in den Po gesteckt, wenn ich es mir selbst machte; die Größendimensionen waren aber kaum vergleichbar.

Zu meiner Überraschung fand ich es gut, auch wenn ich das Gefühl hatte, all meine Männlichkeit einzubüßen und ich eigentlich sauer auf Nele sein wollte, weil sie sich nicht wie eine schützende Löwin vor mich geworfen hatte. Ich spürte, wie mein Poloch leicht pulsierte. Joana umfasste mit einer Hand fest meine Eier und zog bei jedem Stoß daran, während sie mich eine "verfickte Hure" nannte. Diese Art zu reden, ja auch der Kosename, waren mir neu – von einer Frau penetriert zu werden jedoch auch, also ließ ich es zu; das gehörte wohl zur Gesamterfahrung. Ich hatte einen Orgasmus, während Jo mir den Hintern versohlte. Als sich mein Körper aufbäumte, hatte ich Blickkontakt mit Nele, die kurz irritiert von ihrem

Handy aufschaute. Ich schämte mich dafür, dass ich Gefallen an dieser Form der Demütigung gefunden hatte und nahm mir vor, Nele im Nachhinein zu sagen, dass ich nur so getan hatte, als ob.

„Danke, das reicht", sagte ich, meinen Kopf nach hinten drehend, zu Joana.

„Gut", sagte sie, entfernte den Strap-On mit einem schmatzenden Geräusch aus meiner Rosette, stand auf und ging ins Wohnzimmer, wo sie sich – den Geräuschen nach zu urteilen – ein Bier aufmachte. Ich fühlte mich benutzt und hätte gern noch etwas mit Joana gekuschelt. So also geht es Nele immer, wenn ich direkt nach meinem Orgasmus ins Büro gehe, um Wrestling zu gucken.

Ich verharrte noch etwas länger in Bauchlage und wartete darauf, dass der Speichel in meinem Poloch trocknete. Ich hörte, dass Nele ihr Spiel pausierte.

„Wollen wir gleich Pizza bestellen?", fragte sie.

„Ja, gern", sagte ich.

„Sonst alles gut?", fragte sie.

„Ja, sicher", antwortete ich.

Ich nahm mir eine frische Unterhose aus dem Schrank und ging hinüber zu Joana, die auf unserem Sofa saß und Bier trank.

„Na, das war doch lustig, oder?" fragte sie und ich nickte.

Jo stand auf, zog sich ihren Jogginganzug an und ging mit der zur Hälfte geleerten Öttinger-Kiste unterm Arm in den Hausflur, nachdem sie mir kumpelhaft auf die Schulter geklopft und ein "Tschö mit ö" Richtung Schlafzimmer gerufen hatte.

Nele und ich sprachen im Anschluss nicht mehr darüber, wie der Abend für uns gelaufen war, teilten uns aber wie gewohnt die Thunfisch-Pizzaschnecken, die es beim Pizza-Flitzer zu jeder Bestellung gratis dazu gibt, also war wohl alles gut zwischen uns.

2. Logenplatz für Diego

Die Idee, einen Zuschauer einzuladen, kam von Paul, klar. Ich hätte im Leben nicht daran gedacht, dass uns jemand beim Sex zusehen könnte – oder wollte. Ich glaube, dass diese Lust am Visuellen ein Männerding ist, deswegen sind auch die meisten Pornos für Männer gemacht. Zumindest hat Paul mir einmal gesagt, dass normale Frauen keine Pornos gucken – und tatsächlich mache ich auch beim Geschlechtsverkehr immer die Augen zu, da wird also etwas dran sein.

Als Paul mir das Profil und die Nachrichten von Diego zeigte, hat mir das aber dennoch sehr geschmeichelt – immerhin schrieb der Unbekannte von Joyclub, dass er nur wegen der Unterwäschefotos von mir, die Paul ihm ohne mein Wissen zugeschickt hatte, gekommen sei. Das muss man sich mal vorstellen! Spanische Männer fand ich außerdem auch schon immer interessant; "rassige" Männer, falls man das überhaupt so sagen darf. Ich stimme also zu, als Paul und Diego ein Treffen vereinbaren.

Den ganzen Samstag über bin ich ziemlich aufgeregt. Abends wird Paul und mir ein fremder Mann beim Sex zusehen. Verrückt, was manche Menschen schön finden. Paul soll stolz darauf sein, was er für eine attraktive Freundin hat und natürlich soll auch Diego gefallen, was er zu sehen bekommt, deshalb gebe ich mir heute besonders große Mühe, gut auszusehen.

16.30 Uhr. In einer Stunde kommt Diego. Ich stehe unter der Dusche und seife mich ausgiebig ein. Heute werde ich mir die kompletten Beine rasieren, eine Aktivität, die mir sonst zuwider ist. Unser letzter Versuch, ein aufregendes Sexleben zu führen, ist eher mittelmäßig verlaufen, heute hingegen werde ich die sexy Fickstute sein, die Paul sich bestimmt schon immer gewünscht hat. Fickstute...ich muss kichern...das Wort habe ich erst kürzlich in einem Forum gelesen und frage mich seither, ob es wirklich Menschen gibt, die sich so nennen. Ich mag Pferde echt gern, aber erotisch sind sie nun wirklich nicht. Statt einer Fickstute wäre ich lieber ein anmutiges Kätzchen, eine gefährliche Wildkatze vielleicht. Ob die Wildkatze sich ihrem Pelz noch mehr annehmen sollte, frage ich mich und begutachte meine Intimbehaarung. Feines blondes Haar, das gerade so lang ist, dass es in leichte Wellen fällt. Ich lasse es, wie es ist.

Mein Outfit für den heutigen Abend habe ich schon vor Tagen festgelegt. Ich weiß, dass es Paul gefallen wird, mich mal so ganz anders zu sehen als sonst. Ich schlüpfe also frisch eingecremt in mein kurzes rotes Kleid – keine Ahnung, ob ich das schon jemals getragen habe, aber heute ist der Anlass ideal. Dazu streife ich High Heels über. Ich weiß, dass High Heels im Bett in den Fantasien aller Männer vorkommen, das habe ich damals schon so in der Bravo gelesen. Meinen Nagellack habe ich auf den Farbton des Kleides abgestimmt, auch mein Lippenstift passt perfekt. Ich ziehe gerade den knallroten Lippenstift nach, als ich Stimmen im Flur höre. Diego ist also da, auf die Minute pünktlich. Ich kann mich

nicht mehr konzentrieren und lasse den Lippenstift, wie er ist
– auch wenn er an einigen Stellen über den Lippenrand gemalt
ist. Ich atme tief ein und aus. Cool bleiben, Nele. Heute bist du
keine puzzlesammelnde Bankkauffrau, sondern eine
gefährliche Wildkatze, sexy und verführerisch, die
wahrgewordene Fantasie zweier Männer. Ich schüttle noch
einmal mein Haar, öffne die Tür und trete aus dem Bad.

Oh, Diego ist klein. Das sehe ich, obwohl er sitzt. Aber auch
jetzt, als er aufsteht, um mich zu begrüßen, sieht er immer
noch aus, als würde er sitzen. Ich hätte mir keine High Heels
anziehen sollen, dann wäre ich jetzt nicht größer als beide
Männer. Außerdem trägt Diego – genau wie Paul – lediglich
Shirt und Jeans, ich bin in meinem Aufzug also völlig
overdressed. Ich muss an die Party am Rosenmontag 2011
denken, als mir niemand vorab gesagt hatte, dass es trotz des
Datums keine Karnevalsparty sein wird – und ich den ganzen
Abend als Hello Kitty verkleidet bedauerte, dass Katzen sieben
Leben haben und ich nicht einfach schnell sterben kann.
Auch jetzt würde ich mich am liebsten umziehen oder
begraben gehen, aber Paul hat sich dieses Abenteuer so sehr
gewünscht – ich finde mich also wieder in die Rolle der sexy
Verführerin ein und beuge mich für die Umarmung mit Diego
hinunter.

Diego hat Paella mit Meeresfrüchten mitgebracht, das hatten
wir so abgesprochen. Er bekommt seine Sexshow, wir eine
authentische spanische Erfahrung. Ich stelle die Paella in die
Mikrowelle, wir schweigen, bis uns nach drei Minuten das

Piepen erlöst. Im Stehen schlingt jeder einen Teller davon hinunter, wir schweigen weiter, Diego kaut laut. Die Paella schmeckt okay, besser auf jeden Fall, als Diego aussieht. Er ist nicht nur sehr klein, sondern trägt auch dauerhaft eine Beanie, was mich an Papa Schlumpf denken lässt. Gut, dass das Konzept des heutigen Abends nicht beinhaltet, dass ich von ihm erregt sein muss.

Ich beschließe, die Stimmung etwas anzuheizen und lasse meine Hand über Pauls Oberschenkel gleiten, während Diego mir erzählt, dass er Rim-Jobs mag. Ich dachte eigentlich, dass er Koch ist, aber vielleicht habe ich sein Profil nicht aufmerksam genug gelesen. Damit das nicht auffällt, frage ich nicht, was ein Rim-Job ist und sage einfach: „Wow, wie interessant, bestimmt eine anspruchsvolle Arbeit."
Paul ist heute auffallend still, vielleicht ist er aufgeregt. Ich merke aber, wie er mich immer wieder eindringlich mustert – ich glaube, ihm gefällt, was er sieht. Dass er mich so hungrig ansieht, gibt mir einen ziemlichen Ego-Push und ich schlage vor, dass wir ins Schlafzimmer gehen.

Diego nimmt auf unserem Schlafzimmersofa Platz und ich finde, er soll sehen, wie wild wir vermeintlichen Kartoffeln sein können: Ich beginne, mich aufreizend zu bewegen und lasse mir das Kleid von Paul öffnen. Im Stehen gleite ich an Pauls Körper hinunter und knöpfe seine Jeans auf. Wie immer trägt er eine seiner karierten Multipack-Boxershorts, die er schon besitzt, seit wir uns kennen.

„Qualität muss nicht immer teuer sein", sagt Paul gerne, auch wenn die Hälfte der Boxershorts schon ein mittiges Loch hat, aus dem sich regelmäßig seine Hoden den Weg ins Freie bahnen. Als ich Pauls Penis in den Mund nehme, fühle ich mich in die mündliche Abiprüfung zurückversetzt. Gleich zwei Augenpaare scheinen zu bewerten, was ich dort mache, also gebe ich alles. Doch ich fürchte, dass das Urteil fast wie damals lauten könnte: Stets bemüht. Pauls Penis fällt mir immer wieder fast aus dem Mund weil er so schlaff ist. Einzig an seiner langen, weichen Vorhaut kann ich ihn wieder auffangen und in meinen Mund zurückbugsieren. Ein bisschen fühlt es sich an, als würde ich auf einem alten Kaugummi herumkauen, wenn ich seinen Vorhautzipfel streife. Ich schätze, Paul ist etwas überfordert damit, dass ich mich so gut in die verruchte Rolle eingefunden habe und er mich kaum wiederzuerkennen vermag.

Ich ziehe Paul aufs Bett und wage einen Blick in die Schlafzimmerecke. Diego sitzt wie hypnotisiert auf unserem blauen Sofa und gafft uns an. Irgendwie unangenehm. Ein kleines bisschen steif ist Pauls Penis mittlerweile zum Glück geworden. Es ist keine stattliche Erektion, mit etwas Mühe kann ich ihn mir aber gerade so in meine Scheide drücken.
Ich beobachte aus dem Augenwinkel, wie Diego sich langsam auszieht. Irgendwann ist er so gut wie nackt, nur sein Feinripp-Unterhemd hat er anbehalten. Als er seinen Penis hervorholt, bin ich kurz überrascht: So klein ist seine Nase doch gar nicht. Ich bin fasziniert und kann nicht aufhören, auf sein Glied zu starren. Vielleicht bin auch ich eine Voyeurin. Ob er diesen

"Penis" wohl normal benutzen kann? Oder schaut er deshalb einem fremden Paar beim Sex zu, weil er nicht im Stande ist, selbst mit jemandem zu schlafen? Ich glaube, die Fragen sollte ich aus Empathiegründen nicht mit Diego klären, aber vielleicht schaue ich später einmal im Internet nach, ab welcher Penisgröße Geschlechtsverkehr möglich ist.

In meinem Bauch rumort es: Die Meeresfrüchte melden sich zu Wort. Das Grummeln in meiner Magengegend wird immer lauter und ich beschließe, es mit lautem Stöhnen zu übertönen, obwohl es absolut keinen Anlass dazu gibt. Mein Stöhnen ist auch für Paul neu – und es scheint ihm zu gefallen. Bei meinem siebten Stöhnen kommt er.

Ich rolle mich von Paul hinunter und bin froh, mich nun komplett auf die Funktion meines Schließmuskels konzentrieren zu können. Einatmen, anspannen, ausatmen, anspannen. Plötzlich ertönt ein schrilles Kreischen aus der Schlafzimmerecke. In meiner Durchfallangst hatte ich unseren Besuch fast vergessen und fürchte um unser blaues Sofa - vielleicht hat Diego das Essen auch nicht vertragen. Ich schaue in seine Richtung. Diego spritzt mit weit aufgerissenen Augen in Richtung Gesicht ab. Das Sperma landet auf Höhe seiner schmalen Brust. Fasziniert beobachte ich, wie die zähflüssige Masse langsam an seinem Unterhemd hinunterläuft und sich auf Höhe des Bauchnabels sammelt. Diego steht auf und geht aus dem Schlafzimmer. Ich schicke ein Stoßgebet Richtung Himmel, dass sein Sperma an Ort und Stelle verweilen möge und nicht auf unseren Teppich tropft.

Paul und ich liegen noch eine Weile zu zweit im Bett und sagen nichts.

Der Fischgeruch der Paella zieht durch die Tür. Wir ziehen uns an und gehen hinüber zu Diego, der in seinem durchgeweichten Unterhemd auf einem unserer Küchenstühle sitzt und einen Teller kalter Paella in sich hineinschaufelt.

Auch wenn Paul wahrscheinlich schon den ganzen Abend über sprachlos angesichts meiner Verruchtheit ist, setze ich noch einmal einen drauf und frage Diego, ob er beim nächsten Mal mitmachen möchte. Er antwortet mit begeistertem Nicken. Nicht, dass ich das will, um Gottes Willen, nein. Aber mein Blick zu Paul verrät mir, dass ich alles richtig gemacht habe: Es hat ihm vollkommen die Sprache verschlagen.

Nachspiel
Neles POV

Paul und ich, wir lästern eigentlich nicht besonders viel. Ich glaube, dass es einen schwachen Charakter offenbart, wenn man sich über Äußerlichkeiten anderer lustig macht. Diego bot jedoch einfach eine zu große Angriffsfläche, als dass wir es unkommentiert hätten lassen können.

Kaum, dass die Tür hinter Diego ins Schloss gefallen war, fragte Paul mich entgeistert, ob ich etwa wirklich mit dem Feinripp-Mann schlafen wolle. Ich verneinte – und sagte, dass das als Witz gemeint war. Dass ich ihm damit imponieren wollte und dachte, dass er das scharf finden könnte, verschwieg ich lieber.

Als klar war, dass wir ihn beide niemals wieder nackt sehen wollen, amüsierten wir uns köstlich über Diego. Sein Akzent, seine Körpergröße, sein Geruch, die Liste war lang. Wir gingen bei unseren Lästereien zeitlich chronologisch vor; seinen seltsamen Gesichtsausdruck beim Orgasmus besprachen wir deshalb zuletzt. Als uns auffällt, dass Diego beim Kommen in etwa aussah, wie die Quetschtiere mit Glubschaugen, die man als Kind zum Spielen hatte, muss ich so sehr lachen, dass mir versehentlich Paella-Winde unangenehm feuchter Natur entweichen.

Die folgenden Stunden sind wir damit beschäftigt, durchzulüften, damit der penetrante Fischgeruch von der Paella und Diego aus der Wohnung zieht. Zusätzlich desinfizieren wir alle Flächen, die näher als einen Meter an sein Sperma-Unterhemd gekommen sind. Danach legen wir uns zusammen aufs Sofa und schalten den Fernseher ein, ich nasche ein paar Katzenpfötchen von Katjes. Ich mag zwar kein Lakritz, aber die Tatzen sehen einfach total niedlich aus.

Gegen halb elf bekommt Paul eine Nachricht auf Joyclub. Diego hat geschrieben:

„Hola Paul und Nele, ich sende liebe Grüße an euch. Danke für diesen mucho schönen Abend! Ich denke so viel an euch! Es war muy sexy, mmh, danke. Nele sein bezaubernde Frau, sexy Katze! Freue mich sehr sehr auf nächste Abenteuer mit euch, dann machen auch ich mit!"

Wir entschließen, Diego nicht zu antworten. Ghosting soll ja ein Ding sein aktuell – und wir gehen eben mit den Trends. Dass er mich eine Katze genannt hat, schmeichelt mir dennoch sehr.

Pauls Handy vibriert an dem Abend noch einige Male, Diegos Nachrichten werden drängender. Irgendwann schreibt er, dass er sich in mich verliebt habe. Schon, als ich aus dem Bad gekommen bin, sei es um ihn geschehen gewesen – ich sei die Frau seiner Träume.

Kurzentschlossen sperren wir ihn auf Joyclub, damit wir unsere Ruhe vor ihm haben. Soll er eben anderen Leuten mit seinen Quetschi-Augen beim Sex zusehen. Es gibt bestimmt Menschen, die etwas damit anfangen können.

Die nächsten Tage gehen wir entspannt unserem Alltag nach. Einmal wollen wir miteinander schlafen, haben aber beide das Bild von Diego in unserem Kopf, wie er sich mit weit aufgerissenen Augen auf sein Unterhemd ejakuliert und brechen ab. Stattdessen schauen wir einen Film, das ist auch schön.

Als ich am Mittwoch von der Arbeit nach Hause komme, liegt ein Paketschein in unserem Briefkasten. Unsere Nachbarin aus dem Erdgeschoss, Frau Weiher, hat das Paket entgegengenommen. Ich klingle bei ihr und die grauhaarige, drahtige Frau öffnet mir die Tür.

„Ach, Nele, hallo! Einen Moment, ich hole dein Paket", begrüßt sie mich und geht in ihre Wohnung. Nach einer Weile kommt sie zurück und sagt: „Ich habe das Päckchen auf den Balkon gestellt, weil es mir zu streng für die Wohnung riecht. Keine Ahnung, was da drin ist, Liebes."

Ich nehme das Paket entgegen und bedanke mich. Tatsächlich verströmt es einen unangenehmen Geruch. Ich denke erst, dass Paul vielleicht etwas bei Hello Fresh bestellt hat, das nach dem Transport nicht mehr ganz frisch ist, aber das Paket ist an mich adressiert, mit Herzen über jedem i unserer Anschrift.

Ich gehe hoch in die Wohnung. Paul ist schon in seinem Spielzimmer und spielt irgendeinen Wrestling-Quatsch. Er hat mal wieder nichts in der Wohnung gemacht, als würde er von der Unordnung überhaupt keine Notiz nehmen. Vom Computer bei der Arbeit geht er immer direkt vor den nächsten Bildschirm daheim, manchmal nervt mich das

wirklich. Er tut teilweise so, als wäre ich seine Mutter; zwar in
jung und mit Scheidenzugang, aber dennoch für seine
Nahrungsaufnahme und den Haushalt verantwortlich.

Das Paket lege ich auf den Wohnzimmertisch und hole mir
eine Schere aus der Küchenschublade. Als ich den Deckel des
Päckchens öffne, haut mich der Geruch fast aus den Socken. Es
riecht fischig, verdorben, faulig. Zuoberst liegt ein Umschlag
mit meinem Namen, darunter liegt etwas, das ich direkt
erkenne: Das gelblich-verfärbte Feinripp-Unterhemd von
Diego. Während der Großteil des Unterhemds ausgeleiert und
aus der Form geraten ist, ist der Mittelteil bretthart. Von der
Brust bis hinunter zum Bauchnabel zieht sich eine Spur
verkrusteten Spermas. Außerdem liegt ein Bilderrahmen im
Paket, der ebenfalls einen beißenden Geruch verströmt. Ich
drehe den Bilderrahmen um und erkenne: nichts. Auf dem
hellen Papier zeichnet sich ein dunkler, ovaler Fleck ab, der
links und rechts jeweils in langen Strichen nach unten
verläuft. Mit viel Fantasie kann ich einen Kopf in dem Fleck
erkennen.

Ich öffne den Brief:
*„Meine liebe Nele, ich denken sehr viel an dich. Du haben meine
Seele verzaubert. Ich können nicht aufhören; ich immer sehen deine
Brüste in meinen Augen. Schöne, weiche Brüste. Bitte, vergiss mich
nicht! Ich möchten so gern dein Pussy degustieren. Dieser
Unterhemd bekomme du von mir, damit du auch an mich denkt.
Und an diesen sexy Abend. Das Bild, ich hoffe er gefällt dir, ich
haben dein Gesicht mit meine Penisjuice gemalt. Ich habe nur dich*

gesehen, nicht Paul. Paul ist falsch für dich. Ich bin richtig. Bitte liebe mich. Antworte mir, ich werde bald noch einmal zu deinem Haus kommen, um dich zu sehen. Ich will nicht mehr ohne dich, du bist die Eine! Für immer dein, Diego."

Ich laufe zu Paul und zeige ihm den Brief – sollten wir vielleicht zur Polizei gehen? Ein Ejakulatunterhemden verschickender Mann, der ankündigt, uneingeladen zur Wohnung zu kommen – das ist schon unheimlich. Andererseits müssten wir dann auch erklären, wie wir ihn kennengelernt haben. Ich glaube, dass man sich ein wenig für die Opferrolle disqualifiziert, wenn man sich Menschen nach Hause einlädt, die einem beim Sex zusehen. Wir beschließen nichts zu tun – was soll schon groß passieren?

3. You can leave your hat on

Heute überrasche ich Paul; ein bisschen ist es auch als Wiedergutmachung gedacht, nachdem ich ihn bei der Strap-On-Sache mit Joana so allein gelassen hab. Die letzten Wochen habe ich ziemlich viel geübt, damit die Überraschung glückt: Ich werde für Paul strippen. Meistens ziehen wir uns halb gegenseitig, halb selbst aus und ehrlich gesagt lasse ich auch oft T-Shirt und Socken an, wenn wir miteinander schlafen. Es ist – finde ich – totaler Nonsens, wenn das Aus- und Anziehen mehr Zeit in Anspruch nimmt als der Akt an sich.

Heute wird das aber anders, ich werde eine Show abziehen, bei der Paul die Ohren schlackern. Eigentlich hätte ich gern einen richtigen Kurs besucht, zum Beispiel einen Poledance-Kurs, um zu lernen, wie ich mich möglichst verführerisch und sinnlich bewegen kann. Ich hatte aber Angst davor, die schlechteste Teilnehmerin der Gruppe zu sein, also habe ich mir nur einige Tutorials angeschaut und immer wieder vor unserem Ikea -Wellenspiegel im Flur geübt.

Im Schlafzimmer habe ich zahlreiche Kerzen angezündet und die Vorhänge zugezogen, in die Mitte des Raums einen unserer Küchenstühle gestellt. Die Boombox ist aufgeladen und eine Playlist bei Spotify erstellt, mein Striptease kann also mit sexy Klängen untermalt werden. Ich fühle mich bestens vorbereitet, die Choreografie ist fest in meinem Kopf. Einzig mein Outfit steht noch aus.

Da ich gelesen habe, dass bräunlich schimmernde Haut besonders sexy sein soll und ich eher ein heller Hauttyp bin, habe ich mich gestern schon mit Selbstbräuner eingerieben, der leider an einigen Stellen stark verlaufen ist. Da ich Hände und Gesicht nicht eingecremt habe, damit Paul noch nichts ahnt, heben sie sich vom Rest meines Körpers ab; leuchten geradezu, wenn man sie im Kontrast zu den braunen Streifen an meinen Beinen sieht. Ich hoffe einfach, dass das im Kerzenlicht nicht auffällt.

Während ich mich im Bad zurechtmache, trinke ich zwei Gläser Jive. Klar, Paul hat mich eigentlich schon oft nackt gesehen, aber einen Striptease habe ich noch nie hingelegt. Und da, wo es an Selbstbewusstsein mangelt, kann mit einem Sektchen in der Regel ganz gut nachgeholfen werden.

In schwarzem Trenchcoat und lila High Heels gehe ich wieder ins Schlafzimmer und bereite mein Handy schon einmal so vor, dass ich nur noch auf Play drücken muss. Als erstes Lied habe ich den absoluten Strip-Klassiker "Leave your hat on" von Joe Cocker ausgewählt, danach wird "Sweat" von Snoop Dogg und David Guetta laufen. So weit ist auch meine Choreo geplant. Für den Fall, dass ich Gefallen daran finde, ist als drittes Lied noch "Gimme More" von Britney Spears auf der Playlist – da würde ich dann freestylen. Britney fand ich schon immer gut; schade, dass man nicht mehr so viel von ihr hört.

Paul ist in seinem Spielzimmer und schaut Wrestling-Shows an, das höre ich an dem Geschrei, das aus dem Raum tönt.

„Schatz, kommst du mal bitte?", rufe ich – und bekomme keine Antwort.

„Scha-hatz."

Immer noch keine Antwort.

„SCHATZ, HÖRST DU MICH?", kreische ich, der Ton im Spielzimmer wird runtergedreht.

„Was denn?", ruft Paul.

„Komm mal bitte ganz schnell ins Schlafzimmer!", rufe ich.

„Man Nele! Wenn da wieder eine Spinne ist, saug' sie einfach weg!", ruft Paul deutlich genervt.

Mmh. Kurz weiß ich nicht, wie ich ihn ins Schlafzimmer locken soll. Bei einer richtigen Überraschung kann ich ja jetzt schlecht sagen, dass er kommen muss, weil ich für ihn strippen will. Also laufe ich zur Tür seines Spielzimmers und strecke mein in Strapse gehülltes Bein durch den Spalt.

„Nun komm schon, es wird sich lohnen", sage ich und füge ein „Daddy" hinzu, weil das viele Männer anturnen soll.

So far so good, Paul dreht seinen Kopf nach hinten und sagt: „Ich schaue noch eben den Kampf fertig, dann habe ich alle Zeit der Welt für dich, okay? Sind nur noch sechs Minuten."

Ich hauche: „Okay", gehe zurück ins Schlafzimmer und setze mich aufs Bett. Sechs Minuten sind ganz schön lang, wenn das Make-Up auf der Haut spannt und die Spitzenunterwäsche ins Fleisch einschneidet. Mir ist langweilig. Ich stehe auf, hole mir die Nagelfeile aus der Nachttischschublade und beginne, meine Fußnägel zu feilen. Paul ist morgen dran mit saugen – und wenn er mich noch länger warten lässt, wird er eine halbe Ewigkeit damit beschäftigt sein, den Teppich von Nagelstaub zu befreien.

Nach einer gefühlten Ewigkeit kommt Paul ins Schlafzimmer geschlurft. Er macht ziemlich Augen, als er die erotische Atmosphäre wahrnimmt. Paul will zwar gar nichts sagen, aber ich lege ihm trotzdem einen Finger auf die Lippen und sage: „Sssscht" - das habe ich in vielen Filmen gesehen und es ist jedes Mal unfassbar sexy. Ich drücke auf Play und die legendären ersten Töne von Joe Cockers "Leave your hat on" erfüllen den Raum. Ich ergreife Pauls Hand, führe ihn in die Mitte des Raums und gebe ihm zu verstehen, dass er sich hinsetzen soll. Als ich ihn mit meinem Lieblingsschal im gelb-rosa Schmetterlingsmuster an den Stuhl binde, lecke ich mir lasziv über die Lippen, um ihm verstehen zu geben, dass ich schon sehr angeturnt bin. Bin ich nicht, aber gerade zu Beginn der Performance geht es viel um Show, habe ich gelesen.

Außerdem stand im Internet, dass man sich erst einmal so bewegen soll, wie man es auch im Club tun würde. Ich stelle mich also vor Paul und verlagere mein Körpergewicht vom einen auf den anderen Fuß und wieder zurück. Langsam baue ich einen kleinen Step zu den Seiten ein und schaue ihm dabei tief in die Augen. Bei jedem "You" im Lied zeige ich auf ihn, um ihm zu zeigen, dass es mir um ihn, um seine Lust geht.
Ich beginne, mit meinen Hüften zu kreisen, als würde ich sehr langsam Hula-Hoop tanzen, öffne den Gürtel meines Trenchcoats und gewähre Paul einen Blick auf meinen Bauch. Dann drehe ich mich mit dem Rücken zu ihm und lasse den Mantel langsam von meinen Schultern gleiten, dabei drehe ich meinen Kopf immer wieder zu ihm und beiße mir auf die

Lippen. Etwas zu fest, ich schmecke Blut, beschließe aber, das zu ignorieren. Profis halten an ihrer Performance fest.

Paul schaut mich gebannt an. Ich trage nun noch Rock, Strapse, Unterwäsche und meine High Heels. Ich gehe auf die Knie und krabble etwas näher in seine Richtung, versuche dabei möglichst weit ins Hohlkreuz zu gehen, um meinen Po hervorzuheben. Es fühlt sich unnatürlich an, sieht aber glaube ich sehr gut aus. Am Stuhl angekommen, ziehe ich mich an Pauls Knien hoch und stelle mich über seinen Schoß. Meine Hüften bewege ich nach wie vor verführerisch, mit meinen Brüsten wackle ich vor seinem Gesicht und streife seine Nase. Ich lasse meine Hände über meinen Körper gleiten und ziehe den Rock hinunter.

Joe Cocker ist gerade fertig, als eine Spotify-Werbung der erotischen Stimmung den Garaus macht– ich habe leider keinen Premiumaccount. Es kann doch wirklich nicht sein, dass ich nicht einmal sechs Minuten lang meinen Partner verführen kann, ohne dass ich von Werbung unterbrochen werde:

„Entdecken Sie den neuen Nissan Qashqai, den ultimativen Crossover mit Mild-Hybrid-Antrieb. Der neue elektrifizierte Nissan Qashqai ist hier. NissanConnect. Dynamic Control System. Ihr neuer Qashqai im Leasing schon ab 199 Euro monatlich."

„Sorry, Schatz, wir müssen eben warten", sage ich und verharre regungslos über Pauls Schoß, bis die Musik weitergeht. Waren vorhin sechs Minuten lang, sind die dreißig Sekunden nun endlos. Kurz haben wir Blickkontakt, es ist für uns beide ein auffallend unangenehmer Moment. Endlich ertönen die Beats von Snoop Dogg und erlösen uns. Ich wippe mit dem Kopf und stelle meinen Fuß auf Pauls Bein ab, um die Strapse herunterzuziehen. Er verzieht das Gesicht vor Schmerz; meinen Absatz habe ich zu schwungvoll abgesetzt. „Tschuldige, Daddy", sage ich und ziehe erst die eine, dann die andere Strapse hinunter. Einen Strumpf behalte ich in den Händen, ziehe ihn mir langsam rhythmisch durch den Schritt, zwinkere Paul zu und raune: „Das könnte dein Penis sein."

„Das machst du so gut, Baby", sagt Paul und fordert mich auf, weiterzumachen.

Ich trete wieder einen Schritt zurück, massiere aber vorher noch kurz seine vollen Brustansätze, um ihm so richtig einzuheizen.

Nur noch mit meiner schwarz-lila Spitzenunterwäsche bekleidet, tanze ich vor Paul und schiebe langsam die Träger meines BHs herunter. Aus seinen Brüsten soll man ein großes Geheimnis machen, das stand in allen Ratgebern. Da ich das etwas seltsam finde, wenn der Partner sie schon so oft gesehen hat, habe ich mir heute als Extraüberraschung kleine silberne Quasten auf die Brustwarzen geklebt, die Kirsche auf der Sahnetorte, wenn man so will. Ich öffne meinen BH und lasse ihn anmutig über meinem Kopf kreisen, bevor ich ihn Paul zuwerfe. Kurz habe ich vergessen, dass er ja gefesselt ist und ihn deshalb gar nicht fangen kann.

„Interessanter Schmuck", meint Paul anerkennend und guckt auf die schwingenden Bändchen auf meinen Nippeln.

„Danke", flüstere ich und lasse meine Hüfte in Form einer Acht kreisen. Tatsächlich musste ich mir vier Quasten kaufen und zusammenkleben, damit meine Brustwarzen ganz darunter Platz finden, das muss Paul aber nicht wissen.

Jetzt muss nur noch mein Höschen fallen, dann habe ich es geschafft. Ich lasse meine Hand immer wieder in meinen Slip gleiten, sage dabei laut "Oh" und "Ah", ziehe meine Unterhose dann mit einem Ruck herunter und steige hinaus. Auch das Höschen werfe ich nach Paul. Ein bisschen witzig sieht es aus, wie er da komplett angezogen und gefesselt sitzt; mit meiner Unterwäsche behangen. Da jetzt aber nicht die Zeit für Späße, sondern Zeit für Erotik ist, verkneife ich mir ein Lachen und tanze weiter. Beim letzten "Sweat" friere ich kurz in meiner Pose ein – und verbeuge mich nach Ende des Liedes.

Geschafft!

Nachspiel
Pauls POV

Ich fands wirklich nicht gut. Ich glaube, das fasst es wahrscheinlich am besten und präzisesten zusammen. Von der Musikauswahl über das Outfit bis hin zur Performance – ich war selten so unerregt. Zur völligen Erektionslosigkeit gesellte sich Mitleid; ein Gefühl, dass man seinem Partner gegenüber nicht empfinden sollte, wenn er gerade versucht, eine erotische Show abzuliefern. Aber wie Nele da so unbeholfen herumstolperte, sich mit grotesk steifen Bewegungen entblätterte, sich ganz offensichtlich wirklich größte Mühe gab, sexy zu sein, und noch offensichtlicher dabei scheiterte – das zerriss mir fast das Herz, die Hose im Gegenzug dafür nicht ansatzweise.

Während ich an den Stuhl gefesselt dabei zusehen musste, wie Nele vor mir tanzte – mit einer deutlichen Sektfahne und einem Bräunungsverlauf am Körper, der es aussehen ließ, als hätte Frankenstein ihren Körper aus Menschen verschiedener Ethnien zusammengebastelt – schickte ich Stoßgebete Richtung Penis, dass er sich wenigstens ein bisschen regen möge. Eine schwierige Aufgabe, das muss ich zugeben, da Neles Striptease eher cringiger Abturn denn erregender Tanz war und sie mir hin und wieder diese seltsamen Vorhang-Bommeln, die vielleicht einem Zirkuspferd, aber sicher keinem Menschen stehen, ins Gesicht peitschte. Teilweise war ich sogar froh, an den Stuhl gefesselt zu sein. Ich hätte ohnehin nicht gewusst, was ich mit meinen Händen machen soll – Nele festhalten und feste schütteln, damit sie endlich aufhört?

In den darauffolgenden Tagen schreibt Nele mir immer mal wieder, ob ich noch an ihre kleine Stripeinlage zurückdenke – und dekoriert ihre Nachrichten mit Auberginen-, Pfirsich- und Feueremojis. Ich bejahe dies und das ist auch nicht gelogen. Nele muss ja nicht wissen, dass meine Gedanken nicht mit einem Ständer, sondern mit einem kalten Schauer und aufgestellten Nackenhaaren verbunden sind. Ich frage mich wirklich, ob die bleierne, drückende Schwere der Unangenehmheit vollkommen an Nele vorbeigezogen ist. Ich hatte sie nie für einen unempathischen Menschen gehalten, aber dass ihr nicht aufgefallen ist, dass ihr Striptease schlimmer war als jede unerwünschte Gitarreneinlage von Möchtegern-Jimi-Hendrix auf WG-Partys – das gibt mir doch zu denken.

Eine Woche später haben wir uns wieder zum Geschlechtsverkehr verabredet. Nele schreibt mir während der Arbeit, ob ich Lust auf eine weitere Tanzeinlage hätte, um die Stimmung aufzuheizen. Wieder folgt eine Armee an Flammen-Emojis. Zuerst antworte ich nicht, zwei Stunden später fragt sie, ob es mir die Sprache verschlagen habe. Ich springe über meinen Schatten und berufe mich darauf, dass Ehrlichkeit innerhalb einer Beziehung nahezu unerlässlich ist.
„Du, Nele", schreibe ich, „können wir es vielleicht dabei belassen, dass ich mir vorm Sex wie gewohnt eine Wrestlingshow ansehe? Nichts gegen deinen Striptease, der war großartig."

„Äh klar, wie du meinst", antwortet Nele und ich bin froh, dass sie wirklich nicht beleidigt zu sein scheint. Abends schaue ich mir eine mega gute Wrestlingshow an und komme nach kurzer Zeit. Ich wichse mir die ganze Hand voll, obwohl ich zwei Zewatücher benutze. Danach gehe ich rüber ins Schlafzimmer, Nele liegt schon bereit und wir schlafen miteinander, ganz ohne unangenehme Tanzeinlage.

4. Verflixt & zugek(n)otet

Dieses Mal sollte ich mich nicht einlesen, das hat Paul gesagt. Er sagte auch, dass er es befremdlich findet, dass ich mich bisher jedes Mal in die Themen eingearbeitet und mir Tutorials angeschaut habe. Paul meinte, dass ich mich einfach mal überraschen, das Abenteuer auf mich zukommen lassen soll.

Ein bisschen was über "BDSM" weiß ich aber ohnehin schon. Mit meiner besten Freundin Lisa habe ich die "Fifty-Shades-of-Grey"-Teile zusammen im Kino geguckt. Das war aufregend, ist jetzt aber auch schon ein paar Jahre her. Christian Grey fand ich auf jeden Fall richtig heiß. Beim letzten Mal war Paul ein kleines bisschen sauer, weil die Premiere auf den Valentinstag gefallen ist und er extra eine Packung Merci und eine "Liebe ist..."-Tasse für diesen ganz besonders romantischen Tag besorgt hatte. Wir haben dann aber einfach unseren eigenen kleinen Valentinstag am 15. Februar nachgefeiert, das war auch schön.

Eine Sache haben Paul und ich aber immerhin abgesprochen: Ein Safeword; ohne soll man wohl auf keinen Fall in die Welt der Fesselspiele, Unterwerfung und Dominanz eintauchen. Wir haben uns auf das Wort "Nein" geeinigt, wenn ich etwas nicht mehr machen will oder mir der Schmerz zu stark ist. Ergibt Sinn, finde ich.
Da der nächste Baumarkt relativ weit weg ist und wir keine Seile oder Gurte besitzen, haben wir uns beim letzten Sonntagessen welche von Pauls Eltern geborgt. Auf die Frage,

wozu wir die Spanngurte und Seile bräuchten, stotterte Paul: „Ach, so Sachen transportieren, ihr wisst schon."

„Mich kribbelt es ja schon ein bisschen in den Fingern, dich auf der Stelle zu fesseln", sagte Paul zu mir, als wir wieder im Auto sitzen. Mir ging es ähnlich - aber wir hatten beschlossen, dass wir erst am Mittwoch wieder miteinander intim werden und außerdem waren wir nach dem deftigen Essen bei Pauls Eltern erfahrungsgemäß ohnehin nicht mehr zu besonders viel Bewegung in der Lage.

In den kommenden Tagen muss ich mich ziemlich zusammenreißen, mich nicht doch im Internet über unser Vorhaben zu informieren und lenke mich mit meinem neuen 3.000-Teile-Puzzle ab. Auf dem Puzzle ist ein kleines Babykätzchen abgebildet, das an einem frisch geschlüpften Küken schnuppert. So süß. Eine Stunde vor unserer Fessel-Verabredung habe ich das Puzzle fertig gestellt und rahme es ein. Paul hilft mir, das Puzzle mit in meine Kätzchen-Ecke im Wohnzimmer zu hängen und ich bin richtig zufrieden: Da passt es perfekt rein.

Zehn Minuten bevor es losgeht, habe ich eine Idee – in unserem Kleiderschrank müssten irgendwo noch Masken von der Karnevalsparty von vor zwei Jahren sein. Ich fange an zu suchen und finde tatsächlich in der hinteren Ecke unserer Krims-Krams-Schublade zwei Masken. Ich habe eine Catwoman-Maske, die finde ich ziemlich sexy und verrucht, Paul eine von den Ninja Turtles, die bricht zwar auf der Erotik-Skala keine Rekorde, ist aber besser als nichts. Ich ziehe mich aus und setze mir die Maske auf, das wird eine gelungene Überraschung.

Die Tür geht auf und Paul tritt ein. Auch er hat scheinbar eine kleine Überraschung geplant – er ist nackt und hat sich die verschiedenen Seile über die Schulter gelegt, als wäre er ein Schornsteinfeger. Ich gehe auf ihn zu, streife ihm die Ninja-Turtle-Maske über und flüstere: „Mein Held."

Ich finde es verdammt cool, dass wir uns beide Gedanken gemacht haben, wie wir in unser Abenteuer einsteigen können und fange an, Paul zu küssen. Wir knutschen wild, bis er mich etwas grob Richtung Bett stößt. Ich stolpere, was mit der Eleganz von Catwoman wenig zu tun hat, und stoße mich am Bettpfosten.

„Sorry, Maus, alles gut?", fragt Paul.

„Passt schon", sage ich und versuche, mir nicht instinktiv den Ellenbogen zu reiben. Gut, dass ich die Maske trage, sonst könnte Paul sehen, dass meine Augen sich mit Tränen gefüllt haben.

Paul zieht mich aufs Bett und sagt mir, dass ich mich auf den Bauch legen soll. Er dreht mir die Arme auf den Rücken und bindet meine Hände mit einem Seil zusammen. Es ist das Hanfseil, das spüre ich, weil die raue Struktur etwas an meiner Haut kratzt. Ich dachte eigentlich, dass das Fesseln mit sexuellen Handlungen einhergehen würde, aber ich glaube, dass Paul sich zu sehr konzentrieren muss. Er hockt über meinem Rücken, manchmal streift sein Hoden meine Pobacken. Ich höre ihn tief atmen, immer wieder korrigiert er den Knoten um meine Handgelenke. Ich kann ihn zwar nicht sehen, weiß aber genau, dass er die Zunge zwischen den Lippen hat, das macht er immer, wenn er sich konzentriert. „So", sagt Paul und schlägt sich laut klatschend auf die Oberschenkel, „das wäre geschafft."

Ich will ihn nicht entmutigen, bewege aber ein klein wenig meine Hände und schon löst sich die Fessel.

„Ach kacke", sagt Paul und beginnt von Neuem.

Scheinbar hat er etwas anderes ausgetüftelt – ich spüre, wie er anfängt, meine Hände und Füße aneinander festzubinden.

Mir wird etwas kühl. Normalerweise ziehe ich immer die Bettdecke über uns, sobald wir nackt sind. Außerdem stört mich der Gedanke, dass ich einen Pickel auf der linken Pobacke habe, den er nun ganz deutlich sehen kann. Eigentlich würde ich mich gern umdrehen, um den Pickel zu verbergen, aber das geht jetzt nicht. Meine Schultern tun etwas weh und da Paul die Seile nun deutlich fester um Handgelenke und Fesseln knotet, fangen meine Finger an zu kribbeln. In Summe ist die Lage also absolut unkomfortabel. Ich will mich aber nicht anstellen und endlich etwas Erotik in die Nummer bringen.

„Was hast du nun mit mir vor, Mister Grey?", frage ich und beiße mir auf die Lippe.

Paul steigt nicht darauf ein – er hat die Filme nicht gesehen: „Hä, wie hat du mich genannt?"

Ich versuche es noch einmal: „Was hast du nun mit mir vor, Paul?"

Paul antwortet: „Ich fessle dich noch weiter und dann haben wir Sex."

Das ist nicht das erotische Gespräch, das ich mir erhofft hatte und wie ich es aus den Fifty-Shades-Filmen kenne, aber rein inhaltlich klingt es eigentlich ganz gut.

Mittlerweile bin ich komplett eingeschnürt und kann mich kaum noch bewegen. Meine Hände und Füße sind zusammengebunden, außerdem hat Paul mir ein Seil um den Oberkörper gewickelt. Er musste mich dafür mehrfach hin- und herrollen wie eine hilflose, gestrandete Robbe, am Ende hat es aber funktioniert. Ich schätze, dass ich ein wenig aussehe wie die Pakete, die meine Oma mir schickt. Sie umwickelt diese auch immer mehrfach mit einem Garn, weil sie eine Abneigung gegen Klebeband hegt.

Ich werde aus meinen Gedanken gerissen, als Paul mir zwei Finger einführt. Zu meiner Überraschung macht es mich tatsächlich an, dass ich ihm vollends ausgeliefert bin; mich nicht bewegen und auch nicht sehen kann, was er mit mir macht. Er bewegt seine Finger immer schneller und heftiger in mir, außerdem schlägt er mir mit der flachen Hand auf den Po. Das tut weh, ist aber noch okay. Dass ich kein Gefühl mehr in Händen und Füßen habe, ist mir egal. Paul dreht mich um und hält mir seinen Penis ins Gesicht. Meine Hände kann ich nicht benutzen, deswegen versuche ich, mit weit geöffnetem Mund nach seinem Penis zu schnappen. Ich fühle mich an die Apfeltauch-Wettbewerbe in der Grundschule erinnert, bei denen am Ende des Spiels das Tauchbecken meist nur noch aus Kindersabber bestand. Irgendwann schaffe ich es, seinen Penis mit dem Mund zu fangen, kann meinen Kopf aber nur geringfügig nach vorne und hinten bewegen, was allenfalls mäßig befriedigend sein dürfte.

Es klingelt an der Tür.

„Scheiße", ruft Paul, springt auf und ich höre, wie er sich eine Jogginghose überzieht. Er geht jetzt nicht wirklich.

„Du lässt mich hier jetzt nicht liegen, oder?", frage ich drohend, höre aber an seinen Schritten, dass er schon auf dem Weg zur Tür ist.

„Ich bin gleich wieder da, es ist bestimmt nur die Post", sagt Paul und zieht die Tür hinter sich zu.

Ich lausche angestrengt und höre die Stimmen von Pauls Eltern: „Paulchen! Wir waren gerade in der Nähe und dachten, wir kommen mal vorbei."

„Mama, Papa, gerade ists echt schlecht!", sagt Paul.

„Ach, wieso denn? Und ist Nele gar nicht da?", fragt seine Mutter.

„Nee, die ist einkaufen, aber mir passt es jetzt trotzdem nicht."

„Ach Paule, deinen Wrestlingkram kannst du doch auch wann anders schauen, wir sind nicht jeden Tag da! Komm, mach uns mal einen Tee", fordert ihn seine Mutter auf.

Ich höre, wie Paul Wasser in den Wasserkocher füllt und ihn einschaltet, während ich noch immer wie eine menschgewordene Bananenschaukel im Bett liege. Es ist unbequem, kalt, ich muss pinkeln und bin froh, dass ich mich nicht so sehr bewegen kann, als dass ich mich in meinem Elend im Spiegel sehen könnte. Ein Mindestmaß an Respekt vor mir selbst kann ich also noch bewahren – das dürfte sich ändern, wenn ich noch länger gefesselt bleibe und mich selbst einuriniere – oder noch schlimmer einstuhle.

Paul stellt drei Tassen auf den Küchentisch. Ich höre, dass die Stühle zurückgezogen werden und die drei sich hinsetzen.

Na bravo. Ich liege entblößt im Schlafzimmer, während Paul und meine Schwiegereltern in spe miteinander plaudern. Etwa vier Meter fünfzig trennen meinen nackten, eingeschnürten Körper von Marianne und Uwe. Hätte ich heute nicht das Kätzchen-Puzzle fertiggestellt, es wäre ein durch und durch beschissener Nachmittag.

Nachspiel
Pauls POV

Seit dem Vorfall am Mittwoch hat Nele nicht mehr mit mir geredet. Ich hatte mich ein bisschen mit meinen Eltern verquatscht und der Abend war rum, als sie wieder aus der Wohnung waren. Sobald ich die Hälfte der Knoten um Neles Körper gelöst hatte, humpelte sie – die rechte Hand noch an den rechten Knöchel gebunden - halb heulend, halb fluchend ins Bad. Dort blieb sie eine halbe Ewigkeit. Die Geräusche, die durch die Badezimmertür ertönten, glichen ebenso einem Donnerwetter, wie das mir geltende Gekeife im Anschluss an ihre übelriechende Explosion im Bad.

Ich kann zwar verstehen, dass der überraschende Teebesuch nicht so richtig günstig war, aber Nele übertreibt mit ihrer miesen Laune mal wieder maßlos – meine Meinung. Mittlerweile ist Samstag und normalerweise genießen wir Samstagmorgens immer ein schönes Frühstück, bei dem Nele mit den Fingern ein Herz ins Toastbrot drückt, bevor sie es in den Toastschlitz einführt, sodass es sich anschließend hell vom dunkel gerösteten Toast abhebt. Heute hat sie mir ein "FU" ins Brot gedrückt, das spricht für schlechte Laune. Für gewöhnlich ist es mir lieber, wenn sie schweigt, als wenn sie rummotzt. Wenn Nele richtig ins Keifen kommt, wünsche ich mir häufig, taub zu sein. Aber nach zweieinhalb Tagen Schweigen ist auch mal wieder gut. Die Kirche gehört schließlich auch dann noch ins Dorf, wenn man mal ein paar Stunden gefesselt rumgelegen hat, finde ich.

Mir ist klar, dass ich mir irgendetwas einfallen lassen muss. Zugegeben habe ich in den letzten Tagen auch nicht so richtig versucht, sie zu besänftigen. Ich habe zwar meine Müslischüssel immer direkt in die Spülmaschine und sogar den Milchkarton das eine Mal direkt in den Müll geräumt, aber das scheint sie gar nicht wahrgenommen zu haben.

„Nelemaus...", beginne ich.

Nele guckt mich mit hochgezogenen Augenbrauen an, was in ihrem Fall bedeutet, dass sich Stirn und Haaransatz bewegen, da ihre hellen Augenbrauen kaum wahrnehmbar sind.

„Wollen wir heute vielleicht etwas Schönes unternehmen?", frage ich.

„Tee mit deinen Eltern?", faucht sie zurück.

Vielleicht war es doch schöner, als sie noch nichts gesagt hat, denke ich und bereue, das Gespräch gesucht zu haben.

„Nee, wir haben doch noch diesen Rabattgutschein – zwei Mal Fußpflege zum Preis von einer. Das könnte lustig werden, ein richtiger Wellnesstag sozusagen", sage ich.

Nele zögert kurz: „Mmh, stimmt, könnte man machen."

Ich rufe im Salon an und bekomme einen Termin für 12 Uhr, wir können also direkt nach dem Frühstück losgehen.

Die Stimmung ist noch immer mäßig, als wir aufbrechen. Auf dem Weg zum Salon durchqueren wir den Stadtpark, leider ist gutes Wetter. Sonnenschein bringt ätzende Leute dazu, Handstand zu machen oder Klimmzüge an einer Klimmzugstange, die sie sich in eine Baumkrone gehängt haben. Ich glaube, manche Menschen stehen morgens nur mit dem Ziel auf, anderen Menschen mit ihrer affigen

Rumhampelei beweisen zu wollen, dass ihr Körper mehr zu leisten in der Lage ist. Auch die Slackline-Idioten und Freizeit-Jongleure haben es schon in den Park geschafft – Menschen, die jeden Tag aufs Neue mit ihren dämlichen Hobbys zeigen wollen, dass sie in ihrer Kindheit einmal für fünf Tage im Zirkus-Feriencamp waren. Für mich sind diese Parkpisser Clowns, nicht mehr und nicht weniger.

Wir betreten den Nagelsalon, ich bekomme augenblicklich eine Atemwegsvergiftung. Nagellack, Nagellackentferner und Desinfektionsmittel vereinen sich zu einem Geruchserlebnis direkt aus der Chemiehölle. Die asiatische Frau am Empfang begrüßt uns, ich verstehe kein Wort.

Ich lege ihr den Coupon auf den Empfangstresen und rufe laut und deutlich: „Füße."

Sie zeigt auf zwei Massagesessel an der linken Wand des Raums. Winkekatzen, Wandtattoos und vertrocknete Orchideen bestimmen das Gesamtbild des Salons. Angesichts der toten Orchideen bin ich erneut in Sorge, von dem Besuch dieser lebensfeindlichen Umgebung einen Lungenschaden davonzutragen. Nele und ich steuern auf die großen, schwarzen Sessel zu und nehmen Platz. Die Intensität der Massage lässt sich über eine Fernbedienung regeln - ich liebe technischen Fortschritt und lasse mich auf Stufe sechs ordentlich durchrütteln. Eine der Angestellten – vielleicht ist es die vom Empfang, vielleicht aber auch eine andere; wer weiß das schon, sie sehen ja doch alle gleich aus – lässt warmes Wasser in das Becken zu meinen Füßen ein. Ich nenne Asiaten häufig Schlitzauge, Reisfresser oder Ching-Chang-Chong, das ist aber überhaupt nicht rassistisch gemeint. Im Gegenteil, ich esse sehr gern beim China-Imbiss bei uns um die Ecke und runde häufig von 5,90 Euro auf 6 Euro auf, wenn ich mir gebratenen Reis mit Ei hole.

"Geblatenen Leis mit Ei", wie der Koch sagen würde.

Ching und Chang, wie ich sie innerlich taufe, beginnen, uns die Füße zu massieren; praktisch, dass Asiaten so kleine Hände haben, damit kommen sie auch super in meine Zehenzwischenräume. Ich schaue zu Nele rüber, sie scheint die Massage sehr zu genießen. Mit geschlossenen Augen liegt sie im Massagesessel, ihren Kopf hat sie auf ihrem Kinn abgelegt, in ihrem linken Mundwinkel sammelt sich Speichel.

Nach der Massage beginnen die beiden, unsere Füße mit einer Feile und einem Hornhauthobel zu bearbeiten. Man sagt ja immer, dass da, wo gehobelt wird, Späne fallen – und wenn ich so auf das Handtuch zu Neles Füßen schaue, dann glaube ich, dass ihre Ching an diesem Vormittag kurzzeitig zur Tischlerin umgeschult hat. Während mein Handtuch lediglich von einem leichten weißen Schleier bedeckt ist, türmt sich auf Neles Handtuch die Hornhaut, als hätte jemand Trüffel für ein gesamtes Sternerestaurant geraspelt. Sollte das Nagelsalon-Team also einen internen Wettbewerb – als Äquivalent zu Fußballtippspiel-Runden in Büros – laufen haben, bei dem es darum geht, wer am Tag am meisten Hornhaut zusammengeraspelt hat – dank Nele dürfte Ching sich heute das Siegerkrönchen aufsetzen. Geschätzt 400 Gramm Hornhaut würden beim Wiegen allein auf Neles Nacken gehen.

Nele hat ihre Augen während der gesamten Behandlung geschlossen und schnauft entspannt vor sich hin – sie bekommt also nicht einmal mit, was sich gerade zu ihren Füßen abspielt. Ich hingegen überdenke, mit meinem vom Nagellack vernebelten Gehirn, meine Beziehung zu Ms. Hobbitfuß.

Nele ist nach dem Besuch im Nagelsalon wieder besänftigt und schnattert den ganzen Spaziergang nach Hause fröhlich vor sich hin – sie fühle sich richtig erleichtert und befreit, sagt sie. Ich denke an ihren Hornhautberg und habe keinerlei Zweifel an ihrem Gefühl der Erleichterung.

5. Das rote Pferd

Auch Analverkehr als eines unserer Experimente hat Paul sich gewünscht. Er hatte das Thema tatsächlich schon zu Beginn unserer Beziehung einmal angesprochen. Damals hatte ich ihn nur gefragt, ob er eigentlich komplett spinnen – und sich dann im Gegenzug auch von mir penetrieren lassen würde. Damit war das Thema für die nächsten Jahre vom Tisch. Ich weiß nicht, ob er den Wunsch nun jahrelang mit sich herumgetragen hat oder ob er tatsächlich immer noch etwas sauer wegen der Strap-On-Sache mit Joana ist und das heute als seine Rache an mir gilt. Ich wollte ihn aber auch nicht danach fragen; er ist etwas empfindlich, was den Joana-Abend angeht.

Eingelesen habe ich mich dieses Mal nicht besonders viel. Einmal, weil ich für den passiven Part denke ich nichts wissen oder können muss und weil ich angesichts der Gespräche bei gutefrage.net einfach nicht ernst bleiben konnte.
"Torf stechen", "Ein Besuch im braunen Salon", "Fieber messen", "Hecklukenverkehr" und "Enddarmerotik" - die Leute denken sich wirklich die seltsamsten Begriffe für Analverkehr aus. Hängen geblieben an Informationen ist bei mir nur, dass man sich richtig entspannen sollte, weil es sonst wehtun kann.

Heute Mittag hat unser Nachbar aus dem ersten Stock, der Gabriel, ein Paket von Amorelie für uns entgegengenommen. Wir haben Gleitgel und einen Analplug bestellt, um gut vorbereitet zu sein. Als Absender hätten wir auch druckerzubehör.de oder modeschmuck.de wählen können. Aber ich finde, unsere Nachbarn dürfen ruhig wissen, dass es bei uns im Schlafzimmer heiß hergeht.

Als ich das Paket bei Gabriel abhole, habe ich das Gefühl, dass er: „Hier, dein Paket" mit einem gewissen Unterton sagt, meine Finger bei Übergabe des Pakets absichtlich streift und mir sehr interessiert nachschaut. Deshalb wackle ich beim Treppensteigen mit dem Hintern, lasse meine Hand sinnlich über das Treppengeländer gleiten und drehe mich noch viermal zu ihm um. Beim zweiten Mal ist seine Tür schon wieder ins Schloss gefallen.

Zurück in der Wohnung winke ich Paul mit dem Paket zu: „Heiße Ware für uns, liebster Torfstecher", sage ich und lache über meine neu erlernte Vokabel.

Ich setze mich zu ihm aufs Sofa und wir packen gemeinsam das Päckchen aus – das erworbene Gleitgel verspricht "prickelnde Momente" und ich bin gespannt, ob es lediglich ein leeres Werbeversprechen ist oder ob ich wirklich ein Prickeln spüren werde. Der Analplug ist gold-glänzend, er sieht okay groß aus. Am Ende ist ein Fuchsschwanz befestigt. Rein optisch wäre das eigentlich nicht meine erste Wahl gewesen, aber der Plug war im Angebot – für den Fall, dass uns Analverkehr nicht gefallen sollte, hätten wir also zumindest nicht viel Geld verschwendet.

Paul fragt mich, ob wir unser neues Spielzeug gleich ausprobieren wollen. Ich bejahe und sage ihm, dass er schon ins Schlafzimmer vorgehen kann. Ich laufe ins Bad, pinkle und verwende ein zusätzliches Blatt des feuchten Klopapiers dazu, mein Poloch feucht auszuwischen. Sicher ist sicher.

Im Schlafzimmer angekommen bemerke ich, dass Paul die Vorhänge zugezogen, zwei Teelichter angezündet und unsere Chill-Out-Playlist angemacht hat. Das ist lieb von ihm. Er ist schon nackt, liegt mit einem angewinkelten Bein auf dem Bett und schaut mich herausfordernd an. Die Situation wäre fast erotisch, wenn er nicht gestern erst seine Lieblingswrestlingbettwäsche aufgezogen hätte.

Langsam ziehe ich mich aus und bewege mich auf allen Vieren auf ihn zu. Ich streiche über seine Schambehaarung; verfolge mit meinen Fingern den dunklen Pfad, der sich von seinem Bauchnabel hinunter bis zu seinem Penis windet. Ich finde es hübsch, dass er nicht glattrasiert ist. Die massive Behaarung verleiht Paul etwas Wildes; etwas, das man bei einem so dünnen, blassen Mann kaum erwarten würde.

Ich lege mich neben ihn und drehe mich direkt auf den Bauch, um ihm verstehen zu geben, dass ich bereit bin. Ein Vorspiel muss glaube ich nicht sein. Paul versteht und kniet sich neben mich. Er massiert meine Pobacken und lässt immer mal einen Finger dazwischen gleiten, streift meine Rosette nur leicht. Mein Herz pocht, ich bin aufgeregt. Paul führt jetzt einen Finger in meine Scheide ein und benetzt mein Poloch mit meiner Flüssigkeit. Scheinbar ist es nicht genug; ich höre, wie er Speichel in seinem Mund sammelt und ihn hörbar in meine Poritze spuckt. Das ist neu, Paul hat mich noch nie angespuckt. Aber vielleicht gehört das dazu.

„Schatz, kannst du dich ein bisschen hinknien? Ich komm da sonst so schlecht ran", sagt Paul.

Ich ziehe die Beine an und stütze mich auf meinen Händen ab. Deutlich unbequemer, als einfach nur zu liegen.

Ich finde es seltsam, dass mein Po so nass ist, es fühlt sich einfach nur falsch an. Ich atme tief ein und aus, um mich zu entspannen. Pauls Finger drückt bestimmt gegen meine Poloch, bis er ihn in mich hineinschieben kann. Ich bewege mich seinem Finger entgegen und drehe meinen Kopf zur Seite, um Pauls Gesicht sehen zu können. Er sieht sehr konzentriert aus, mit seiner Falte zwischen den Augenbrauen und der leicht herausgestreckten Zunge. Ich spüre, wie er den Finger wieder hinauszieht und nun die kühle Spitze des Analplugs gegen meinen Po drückt. Paul reibt eine große Portion des Gleitgels darauf und beginnt, ihn mir einzuführen. Das Gleitgel ist unfassbar kalt, ein Prickeln spüre ich nicht.

Ich sage mir die folgenden Sätze wie ein Mantra auf:

„Entspann dich, Nele. Es ist alles gut. Einatmen, ausatmen. Lass es zu. Es ist okay, dass dein Poloch nass ist. Du hast dich nicht eingestuhlt, das ist nur Spucke."

Viermal sage ich mir mein Mantra auf, dann ist der Plug in mir. Ich schaue zur Seite und sehe mich im Spiegel der mittleren Kleiderschranktür – auf allen Vieren kniend, einen Fuchsschwanz aus meinem Allerwertesten hängend und Paul neben mir; mit einem extrem steifen Penis.

Wie kann Paul die ganze Zeit an meinem Fuchshintern herumwerkeln und sich nicht totlachen? Ich gucke noch einmal mein Spiegelbild an und fange an zu lachen. Das soll etwas mit Erotik zu tun haben?

„Kannst du bitte aufhören zu lachen, Schatz? Das macht die ganze Stimmung kaputt", sagt Paul verärgert und scheint es tatsächlich nicht seltsam zu finden, dass er einen Fuchs im Bett hat. Ich versuche wirklich, ernst zu bleiben, aber ich muss so sehr lachen, dass ich bei jedem dritten Lacher grunze. Pauls Penis ist mittlerweile nur noch mediumhart. Ich beobachte mich weiter im Spiegel und schüttle meinen Hintern – der Schwanz bewegt sich mit. Ich schnappe nach Luft vor Lachen, während Paul sich mit verschränkten Armen auf die Bettkante setzt und schmollt.

„Beruhigst du dich wieder, Nele? Sonst gehe ich jetzt. Das ist doch albern!", meckert Paul.

Als Antwort lasse ich noch einmal meinen Schwanz schwingen und versuche nun, ihn so doll zu bewegen, dass mir die Schwanzspitze an die Seiten meines Rückens schlägt. Ich sehe aus wie ein Pferd, das Fliegen mit dem Schweif wegwedelt. Ich schreie vor Lachen, Paul schweigt und guckt grimmig die kahle Wand an. Ich kann mich nicht mehr zusammenreißen. Mittlerweile habe ich "Das rote Pferd" als Ohrwurm und summe kichernd mit.

„Das ist doch scheiße hier!", sagt Paul, zieht sich seine Boxershorts über, verlässt das Schlafzimmer und knallt die Tür zu.

Ich gucke noch einmal mein Spiegelbild an: Der Schwanz hängt jetzt traurig an mir herunter, Paul hat die Stimmung echt vermiest.

Nachspiel
Neles POV

Am nächsten Tag beschließen wir, das Spielzeug an Amorelie zurückzuschicken. Als Garantiefall gilt bestimmt auch, wenn man garantiert gar keinen Spaß damit hatte. Ich säubere den Plug unter warmem Wasser, den Pelz vom Schwanz kann ich leider nicht waschen, aber der hat ja auch keinen analen Tauchgang hinter sich.

„Alexa, spiel "Das rote Pferd" von Markus Becker", sage ich und mein Dauerohrwurm tönt durch die Lautsprecherboxen im Bad. Ich summe mit und schwinge den Plug-Schwanz wie ein Lasso über meinem Kopf.

Paul steckt den Kopf durch die Tür: „Du bist doch völlig geisteskrank, Nele", sagt er und geht wieder.

„Alexa, mach die Musik aus!", befehle ich und knalle beim Verlassen des Badezimmers die Tür hinter mir zu. Ich scheine in No-Spaß-Land mit Mister-Schlechte-Laune gefangen zu sein, da bin ich mir langsam sicher.

Während ich den Plug zurück in die Verpackung stecke und auf dem Retourenschein angebe, dass wir den Artikel versehentlich bestellt haben, frage ich mich, ob ein anderer Kunde den Analplug wohl als Neuware erhalten wird. Falls ja, tut es mir etwas leid. Andererseits - haben Menschen, die sich Tierschwänze in den Hintern stecken, wirklich etwas Anderes verdient? Und hätten sie überhaupt ein Problem mit fremden Rosettenpartikeln an ihrem Plug? Wahrscheinlich nicht.

Ich muss an meinen dreizehnten Geburtstag denken, als ich nach dem Abwischen Blut auf dem Klopapier entdeckte und mich freute, dass ich – pünktlich zum Eintritt ins Teenageralter - nun auch endlich eine Frau geworden war und das erste Mal in meinem Leben meine Periode bekommen hatte. Wie sich später herausstellen sollte, war der Grund für das Blut auf dem Klopapier nicht meine aufkeimende Weiblichkeit, sondern viel zu fester Stuhl, der einen kleinen Riss in meiner Rosette verursacht hatte – und der über Wochen hinweg immer wieder vorübergehend zuheilen sollte, nur um dann erneut aufzureißen. Vaseline und Wundcreme wurden zu dauerhaften Alltagsbegleitern von mir und meiner Analfissur. Mein neues Lebensjahr sollte kein schönes Jahr werden – und meine Periode bekam ich erst nach allen anderen in der Klasse.

6. Spieglein, Spieglein in der Hand

Mit meiner Scheide habe ich mich nie viel beschäftigt. Zwischen den Doktorspielen, die ich im Alter von fünf Jahren mit dem Nachbarsjungen Alex versteckt im Kinderzimmer praktizierte und meinem ersten Mal mit Paul war sie einfach da und fristete ein unberührtes Dasein, wie es sonst nur die Dalits in Indien kennen.

An etwa sechs Tagen im Monat musste ich mich notgedrungen mit meinem Unterleib auseinandersetzen und an diesen Tagen hasste ich es, eine Frau zu sein. Keine gute Grundlage also für eine innige Beziehung zwischen meiner Scheide und mir.

Schamhaarfrisuren waren gefühlt das einzige Thema unterhalb der Gürtellinie, worüber in meinem Freundeskreis je gesprochen wurde. Das aber auch nur, weil es in der BRAVO einmal einen Artikel mit dem Titel "Brazilian, Landing Strip, Hot Shot & mehr intime Trends" gab, den wir Mädels gemeinsam bei einem Sleepover bei meiner Kindergartenfreundin Nicole lasen. Wir zeigten auf die verschiedenen Fotos der Frisuren und lachten uns kaputt. Danach schauten wir weiter High School Musical und waren uns einig, dass Zac Efron wirklich jede dieser dämlichen Schamhaarfrisuren von uns verlangen dürfte, weil er einfach ultrasüß ist. Auch Nicole war zwar bereit, sich die Bikinizone nach Zacs Vorstellungen zu gestalten, sagte aber auch, wie eklig sie es findet, wenn sich jemand gar nicht rasiert. Selbst für Zac würde sie sich keinen Busch stehen lassen. Dann machte sie Kotzgeräusche und gestikulierte wild dazu. Bianca und Maren stiegen in Nicoles Kotzshow ein und ich beschämt aus dem Gespräch aus.

Später am Abend holte ich mir heimlich eine Schere aus der Küchenschublade und stutzte mir im Bad ihrer Familie, so gut es mit der stumpfen Küchenschere ging, meinen wilden Busch. Anschließend waren die Fliesen von einem hellen Flaum bedeckt und ich schob die Haare mit meinem Fuß auf den Badezimmerteppich. Sie fügten sich optisch nicht besonders gut in das Dunkelblau des Teppichs ein, aber das sollte nicht weiter meine Sorge sein – ich war endlich nicht mehr eklig.

Der Intimfrisurenvorfall ist über ein Jahrzehnt her, so richtig viel hat sich an meinem Scheiden-Knowhow aber nicht geändert. Ich habe nie einer Fußball- oder Handballmannschaft angehört, als dass ich dort unter der Dusche andere Frauen hätte nackt sehen können und in der Sauna ist es mir viel zu warm, dort gehe ich nicht hin. Um auf Temperaturen zu kommen, reicht es mir, im Sommer in meine Ballerinas zu schlüpfen, das ist wie Sauna für die Füße.

Wie andere Frauen untenrum aussehen, weiß ich also nicht wirklich, Pornos finde ich ekelerregend. Ich weiß noch, dass Pauls Freund Fabian einmal über die Schamlippen einer flüchtigen Bekanntschaft sagte, dass sie so lang und hässlich gewesen seien wie die Hälse von Truthähnen. Seither frage ich mich, wie lang zu lang ist; ob ich vielleicht schon über der magischen Grenze liege, die zwischen Schamlippen und Schamlappen verläuft und Paul vielleicht sogar heimlich bei Fabians Tierhalsvergleichen mitmacht, wenn ich nicht im

Raum bin. Er hat mir zwar noch nie etwas dazu gesagt und meine Frauenärztin hat beim Anblick meiner Scheide auch nicht die Hände über dem Kopf zusammengeschlagen, der Vorsicht halber ziehe ich nun aber doch lieber jedes Mal, bevor einer von beiden mich nackt sieht, meine äußeren über die inneren Schamlippen, damit mein Schmuckkästchen hübsch verschlossen ist.

Vor kurzem habe ich dann gelesen, dass es vielen Frauen so geht wie mir – dass sie sich mit ihrem eigenen Körper kaum auskennen, unsicher sind oder sich untenrum sogar so abstoßend finden, dass sie sich unters Messer legen, um sich eine Scheide wie aus dem Katalog basteln zu lassen. Eine krasse finanzielle Investition, finde ich und überlege, ob es mir über 2.000 Euro wert wäre, etwas an mir verändern zu lassen, das ohnehin kaum jemand sieht. Außerdem sieht Pauls Penis auch nicht gerade aus wie von Picasso gemalt – da wäre es geradezu unfair, wenn ich plötzlich ein teures Designerstück zwischen den Beinen tragen würde.

Das Seminar, das Frauen wie mir stattdessen empfohlen wird, ist aber auch nicht gerade geschenkt: Etwa 100 Euro muss ich für drei Stunden "Vulva-Watching" in Berlin zahlen, einen Kurs, in dem man sich die Scheiden anderer Frauen anschauen kann – und auch seine eigene präsentiert. Es gibt noch andere Kurse wie den "VulvArt-Malkurs", der mir aber ein bisschen zu sehr nach Kunst klingt - und so, als würde man dort Fingermalfarbe auf die Schamlippen statt auf die Hände auftragen, damit Bilder bedrucken und zufällig immer abstrakte Kunst oder einen körperlich eingeschränkten Schmetterling kreieren.

Während ich in der Bahn nach Berlin sitze, überlege ich, ob ich nicht vielleicht doch einfach einen Handspiegel bei Rossmann für 6,99 Euro hätte kaufen sollen, um mich damit im Badezimmer einzuschließen und mich dem Anblick ohne seelischen Beistand auszusetzen. Aber – bezahlt ist bezahlt, ich werde das Seminar also wohl oder übel durchziehen müssen.
Der Kurs ist in einem großen Gebäudekomplex in Berlin Neukölln; als ich dort ankomme, bin ich durchgeschwitzt. Ich hasse Großstädte und den öffentlichen Nahverkehr. Auch mein Schritt ist verschwitzt; nicht die beste Voraussetzung, um mich gleich vor mehreren anderen Frauen zu entkleiden. Ich hoffe, dass ich vorher noch einmal auf die Toilette gehen und mich mit einem feuchten Klopapier frisch machen kann. Ich betrete das Gebäude und orientiere mich an den Schildern, die mir den Weg zum Kursraum "Charmelippen" weisen. Vorsichtig klopfe ich an die Tür, von drinnen höre ich eine Stimme: „Ich öffne mich dir" sagen und ich glaube das soll heißen, dass ich eintreten darf.

Der Raum ist in etwa so groß wie ein Klassenzimmer. Stühle und Tische sind an die Seiten geräumt, in der Mitte des Raums liegen verschiedene Kissen, Polster und Teppiche. Die vorherrschenden Farben sind orange und rot, die vielen Kerzen unterstreichen die gemütliche Atmosphäre. Im Hintergrund läuft sehr leise Musik, irgendeine Meditations-Yoga-Playlist, schätze ich. Auf einem der dicken, runden

Kissen sitzt die Kursleiterin im Schneidersitz und lächelt mich warm an, ihre langen braunen Haare reichen bis hinunter zu den Brüsten. Sie hat eine Art Gewand an, für das man bei uns daheim wahrscheinlich ausgelacht werden würde, das in Berlin aber denke ich gar nicht so ungewöhnlich ist. Sie sieht genauso aus, wie ich sie mir nach dem Text auf ihrer Homepage vorgestellt habe, auf eine Räucherstäbchen-und-in-der-Hand-lese-Art esoterisch.

Außer der Kursleiterin Anna-Maura ist noch niemand da, ich bin also die Erste.

„Herzlich Willkommen, meine Liebe", sagt sie und blickt mir etwas zu lang in die Augen.

Ich mag keinen Blickkontakt mit Fremden, fürchte aber, dass mich die direkte Konfrontation mit fremden Vulven heute noch mehr herausfordern wird. Dadurch, dass sonst noch niemand da ist, komme ich mir vor wie eine nervige, fingerschnipsende Streberin, die kaum erwarten kann, endlich Scheiden zu sehen. Ich bin zwar nur zehn Minuten zu früh dran, befürchte aber schon jetzt, dass alle anderen Teilnehmerinnen viel entspannter und cooler sein werden als ich. Vielleicht ist eine von ihnen sogar so abgebrüht, dass ihr egal ist, was wir über ihre Scheide denken und sie sich somit auch noch nicht Tage vorher den Kopf über ihre Intimhygiene und Schamhaarfrisur zerbrochen hat.

Die Kursleiterin beachtet mich nicht mehr. Sie hat ihre Augen geschlossen und schaukelt langsam vor und zurück. Ich nutze die Gelegenheit, um die Toilette aufzusuchen und einmal feucht durchzuwischen.

Ich schaue in den Spiegel und strecke meinem Spiegelbild den ausgestreckten Zeigefinger entgegen.

„Du schaffst das, Nele, du bist mutig, du bist stolz, du bist cool", flüstere ich mir zu, strecke die Schultern durch, atme einmal tief ein und aus, drücke schwungvoll die Türklinke nach unten, lasse die Tür aufschwingen – und treffe auf einen Widerstand. Ich habe eine andere Frau in meinem Elan voll erwischt.

„Ups", sagen wir beide und springen peinlich berührt zur Seite, um der jeweils anderen Platz zu machen. Das Spiel wiederholen wir noch viermal, bis wir uns endlich einigen können und sie ins Bad geht, bevor ich rausgehen kann.

Ich gehe zurück in den Kursraum, in der Zwischenzeit sind drei weitere Frauen angekommen. Da ich weiß, dass wir heute - die vor-und-zurück-wippende Kursleiterin mit eingerechnet - sechs Vulva-Watcherinnen sein werden, fehlt also nur noch eine Teilnehmerin.

Ich glaube zwei der Frauen sind Freundinnen und gemeinsam zu diesem Kurs gekommen - sie stehen am Rand des Raums und tuscheln aufgeregt. Die beiden sehen eigentlich ganz normal aus, letztlich weiß ich aber auch nicht, was ich erwartet hatte - mir steht wahrscheinlich auch nicht auf die Stirn gedruckt, dass ich zu einem Vulva-Seminar gehe. Ich würde sie auf Anfang 30 schätzen. Die dritte Frau, etwa Mitte 40, mit schulterlangem, braunem Haar, hat sich schon auf eins der weiteren Kissen gesetzt, mit einem Kissen Sicherheitsabstand zur Kursleiterin - vielleicht ist auch ihr das Rumgewippe suspekt. Für mich sieht sie aus, als würde sie in einem

Blumenladen arbeiten. Keine Ahnung wieso, aber eine dieser klassischen grünen Floristen-Schürzen würde ihr gut stehen. Keine der drei Frauen ist überragend schön. Ich weiß nicht, wieso mir das wichtig ist, wir stehen schließlich nicht in Konkurrenz zueinander, aber ich fühle mich einfach wohler damit, mich durchschnittlich attraktiven Frauen nackt zu zeigen.

Anna-Maura unterbricht meine Gedanken: „Meine Lieben, schön, dass ihr alle da seid. Nehmt Platz, wir können gern schon beginnen. Nadja kommt etwas später, sie war schon häufiger Teil dieser Entdeckungsreise."
Ich wundere mich etwas, schließlich hatte ich diesen Kurs als einmaliges Experiment zur Selbstentdeckung gesehen und nicht gedacht, dass es für andere Menschen zu einer Art Hobby werden kann, sich andere Vulven anzugucken. Aber gut, jeder wie er mag.

Wir setzen uns in den Kissenkreis. Bis auf das recht grelle Licht der Deckenbeleuchtung ist es tatsächlich sehr gemütlich mit all den Polstern, Kerzen und der leisen Musik. Erst als ich sitze, sehe ich, dass vor den Kissen jeweils eine Vulva aus Silikon liegt. Ich blicke in die Runde und merke, dass jede Silikonscheide anders aussieht. Ich bekomme eine, die mich entfernt an ein schlecht belegtes Sandwich erinnert. Eins, bei dem bei jedem Bissen ein großer Teil des Inhalts herunterfällt und man am Ende komplett verschmierte Hände hat.
Wir sollen die Silikonvulven in unsere Hände nehmen, vorsichtig betasten und uns über unsere bisherigen

Erfahrungen mit dem eigenen Körper austauschen. Die beiden Freundinnen scheinen auf dem gleichen Stand zu sein wie ich, die Blumenladen-Frau hat Schwierigkeiten, ihren Körper nach der Geburt so zu akzeptieren, wie er ist. Als ich rede, komme ich mir mit der Vulva in der Hand vor wie früher in der Grundschule, als es ein Rede-Kuscheltier gab, das man in den Händen halten musste, um sprechen zu dürfen. Das Rede-Stofftier war eine Maus, die Speedy hieß. Speedy fand ich ehrlich gesagt etwas süßer als diese seltsame Silikonscheide.

Als nächstes sollen wir alle Wörter aufzählen, die wir für unseren Intimbereich kennen und nutzen. Ich lege mit "Schmuckkästchen" und "Döschen" mutig vor. Es folgen ein paar Klassiker wie "Vagina", "Scheide", "Muschi", "Möse", "Vulva" und "Mumu". "Da unten" und „Schritt" finde selbst ich deutlich uninspiriert, "Spalte", "Grotte", "Pussy", "Fotze" und "Loch" dafür irgendwie ordinär. Eine der Freundinnen, Mareike, schlägt „Pimmelgrab" vor. Ich finde sie seltsam. Auf dem Oberarm hat sie ein Tattoo von Karlsson vom Dach. Keine Ahnung, wer den mag, aber ich glaube, man muss zumindest zu zwanzig Prozent psychisch krank sein, um gerade Karlsson als Kinderheld auszuwählen.
Anna-Maura sagt, dass sie die Wörter "Blüte" und "Yoni" nutze, betont aber auch, dass wir unsere Vulva nennen können, wie es uns lieb ist.

Anna-Maura steht auf, schreitet durch den Raum und ich habe Angst, dass jetzt "Der Plumpsack geht um" im Vulva-Watching-Stil gespielt wird und sich jeweils die Person ausziehen muss, hinter der sie stehen bleibt. AM, wie ich sie in Gedanken mittlerweile nenne, geht jedoch nur zu ihrer Tasche, einem sackartigen Beutel, und holt einige Handspiegel heraus. Die Tür des Kursraums öffnet sich, eine weitere Frau tritt ein. Das also ist Nadja, die sich regelmäßig für 100 Euro Scheiden anschaut. Sie trägt weite Pluderhosen, merklich keinen BH unter ihrem T-Shirt und hat ihre Dreadlocks zu einem großen Dutt auf dem Kopf zusammengebunden. Nadja sieht aus, als würde sie ab Oktober damit beschäftigt sein, kleine Dekoartikel für den Weihnachtsmarkt zu filzen und strahlt, ähnlich wie AM, so viele Esoterik- und alternative Vibes aus, dass ich mir eigentlich kaum vorstellen kann, dass sie jemals in diesen Kurs gekommen ist, weil sie keine Ahnung hatte, wie andere Frauen zwischen den Beinen aussehen.

Nadja setzt sich auf das letzte freie Kissen und nickt einmal in die Runde. AM verteilt die Spiegel und sagt, dass wir uns nun ausziehen dürfen. Ich frage mich, was ich hier mache – und ob ich durch Pauls und mein Experiment nun endgültig geisteskrank geworden bin. Ich bleibe aber bei meinem Kein-Geld-verschwenden-Prinzip und fange an, mich aus meiner Röhrenjeans zu pellen. Eine unfassbar ungeschickte Kleiderwahl, die Abdrücke der Nähte werden noch mindestens zwanzig Minuten auf meinen Beinen sichtbar sein. Ich blicke mich vorsichtig um, die anderen sitzen nun auch vom Bauch abwärts nackt auf ihren Kissen. Bis auf Nadja und Anna-Maura sehen alle so aus, wie ich mich fühle – peinlich berührt und leicht panisch. Ich finde, dass sich unter den Geruch von Räucherstäbchen, Kerzen und Parfüm nun noch ein Hauch nervöser Schweiß und Vagina gemischt hat.

Wir werden aufgefordert, die Spiegel in die Hand zu nehmen, uns unsere eigene Vulva anzuschauen und das, was wir im Spiegel sehen, mit Komplimenten und aufmunternden Worten zu bedenken. Das habe ich vor dem Kurs schon mit meinem Spiegelbild im Bad gemacht, für mich sollte es also eine leichte Übung sein. Als ich dann in den Spiegel schaue, weiß ich aber nicht, welche Worte ich für das finden soll, was ich nun erblicken muss.

Ich kenne meine Scheide nur aus der Vogelperspektive und hatte keine Ahnung, was Paul aus seiner Perspektive zu sehen bekommt. Ich versuche, die Sätze der anderen mitzubekommen; mir Inspiration für nette Worte zu holen.

Die Blumenverkäuferin sagt: „Du hast Leben geschenkt, dafür danke ich dir."

Schade, bei ihr kann ich mir also schon einmal keinen Spruch abschauen.

Pimmelgrab-Mareike sagt: „Du kannst unfassbar viel Freude schenken", was ich etwas bezweifle, wenn ich an ihren Vulva-Spitznamen denke.

Die zweite der Freundinnen, eine sehr dünne, blasse Blondine, begutachtet ihr Spiegelbild und sagt: „Du bist besonders. Du bist einzigartig."

Bevor ich durch mein Schweigen auffalle, flüstere ich meinem Spiegelbild: „Es könnte schlimmer sein" zu.

Anna-Maura steht erneut auf und zieht einen der Stühle vom

Rand in die Mitte des Raums. Sie setzt sich darauf und spreizt die Beine weit auseinander. Nadja setzt sich als Erste vor sie. Damit wurde ich nun ganz klar vom Streberposten verdrängt.

„Danke, dass du dich uns öffnest", sagt sie und verneigt sich vor AMs Scheide. „Ich sehe deine Stärke, deine unerschöpfliche Weiblichkeit und eine enorme Zartheit, wenn ich deine Vulva betrachte. Deine Schamlippen sind wie die Flügel eines Schmetterlings. Danke, dass ich das sehen durfte."

Verrückt, was man alles in einer Vulva sehen kann. Jetzt stehen wir anderen enorm unter Zugzwang, auch etwas Kreatives zu sagen. Zumindest der erste Satz, der zum Ausdruck bringt, dass wir dankbar sind, darf bleiben.

Verena, die Floristin, redet über Blütenblätter und eine zarte Knospe. Ich spare mir, den Zusatz "etwas verwelkt" in die Runde zu werfen und versuche, mich darauf zu besinnen, dass wir gerade gemeinsam etwas Schönes erleben, das unsere Selbstwahrnehmung zum Guten wandeln soll.

Mir fällt es einfach schwer, Geschlechtsteile schön zu finden. Auch Pauls Hoden fasse ich selbst mit der Kneifzange nicht an, weil sie für mich aussehen wie ein gigantisches Geschwür. Ich bin keine Hundeexpertin, aber ich glaube, dass der schönste Tag im Leben eines Hundes der Tag der Kastration ist, an dem er endlich von seinen Hoden erlöst wird.

Ich bin an der Reihe, bedanke mich und sage, dass ihre Vulva sehr weich aussieht und Geborgenheit ausstrahlt wie die Arme meiner Mutter, in deren Umarmung ich mich sehr wohl fühle. Niemand muss wissen, dass meine Mutter Winkearme jener Art hat, bei der man vorsichtshalber drei Meter Sicherheitsabstand einhält, aus Angst, vom schwingenden

Fleisch erschlagen zu werden. Ich weiß auch nicht, ob es seltsam ist, in gewisser Weise gesagt zu haben, dass man gern von einer Vulva umarmt werden möchte, aber da dieser Kurs ein wertungsfreier, geschützter Raum ist, sollte mich niemand dafür verurteilen.

„Magst du dich als nächstes öffnen, Nele?", fragt Anna-Maura und ich nicke, während meine Achselhöhlen augenblicklich triefend nass werden.

Sie verlässt den Stuhl und gibt ihn für mich frei. Ich weiß, dass mein Kopf mittlerweile glüht, dass zartes Rosa sattem Pink gewichen ist. Ich weiß noch nicht, ob mein Herz rasend schnell schlägt oder gleich seinen Dienst einstellt, aber ich weiß, dass ich mich selbst in diese Situation gebracht habe – ich hätte als Selbsterfahrung auch einfach eine sinnlich-erotische Massage wählen können. Ich lasse mich auf die Sitzfläche plumpsen, lege meine Hände auf die Stuhllehnen, damit die anderen nicht sehen, dass sie zittern, und ziehe meine Beine an. Jetzt sitze ich nackt vor einer Runde fünf fremder Frauen, die auf meine Scheide starren. Es herrscht Stille. Ich glaube, es sind nur zwanzig Sekunden, in denen niemand etwas sagt, aber ich drehe innerlich durch: Ist es so schlimm, dass niemand etwas sagen will? Sind meine Schamlippen doch hässliche Truthahnhälse, die ihnen die Sprache verschlagen haben?

Streberin Nadja erlöst mich.

Sie schaut in die Runde und fragt: „Darf ich zuerst?"

Ich bin ihr wirklich dankbar.

Auf Anna-Mauras zustimmendes Lächeln hin krabbelt sie auf allen Vieren nach vorn; etwas zu nah, wenn man mich fragt, aber mich fragt keiner. Ich habe fast Angst, dass sie gleich mit der Nase anstoßen könnte. Sie mustert meine Vulva ganz genau, die Sekunden verstreichen erneut quälend langsam.

„Danke, dass du dich uns öffnest. Das ist sehr mutig. Ich erkenne in dir eine zaghafte Einladung; dein Inneres lockt vorsichtig, aber deine Schamlippen legen sich schützend davor, fast wie ein Türsteher mit sehr breiten Schultern, der "Du kommst hier nicht rein" sagt und manch einem den Eintritt verwehrt. Danke, Nele."

Nadja robbt wieder nach hinten.

Die vermeintliche Blumenverkäuferin redet wieder über eine Blüte; meine ist wohl kurz vor der vollen Blüte, Pimmelgrab Mareike sagt irgendetwas mit "robust". Ich höre nicht mehr richtig hin, weil ich überlege, was an meiner Vulva Nadja nun wie gelockt hat und was daran wie ein Türsteher wirkt. Ich schätze, Anna-Maura und die dünne Blonde sagen wirklich nette Dinge, meine Gedanken sind aber nach wie vor bei meinen Security-Schamlippen. Ich habe Gedichte und Geschichten, die zu viel Interpretationsfreiraum zulassen, schon im Deutschunterricht gehasst. Da ging es aber zumindest um fremde Menschen und nicht um das Aussehen meiner Scheide.

Am Ende des Kurses fassen wir uns alle an den Händen und sagen gemeinsam: „Unsere Vulven sind wunderschön. Wunderschön und besonders. Wir sind wunderschön und stark."

Ich finde Scheiden nach wie vor nicht schön. Aber immerhin nehme ich aus diesem Kurs mit, dass das eben nicht nur für meine eigene gilt. Meine Scheide ist nicht schön; aber eben auch nicht hässlicher als die der anderen. Abstrakte Kunst, wenn man so will.

Nach dem Kurs beschließe ich spontan, noch ein weiteres Abenteuer zu erleben – drei Räume weiter gibt es einen "VaginArt-Workshop", bei dem man einen Abdruck seiner Vulva gießen lassen kann. Ich werde so einen Gipsabdruck machen und Paul zu Weihnachten schenken. Wenn er den nicht aufhängt, haben wir Streit.

Nachspiel
Neles POV

Zurück in der Heimat fühle ich mich noch immer wie beflügelt: Meine Scheide ist kein außergewöhnlich hässlicher Truthahnhals. Der Gipsabdruck meiner Vulva, den ich in der Handtasche trage, fühlte sich auf der Rückfahrt an wie eine Medaille, eine Auszeichnung.

„Ich habe mir gerade fremde Scheiden angeguckt", hätte ich gern meinem Sitznachbarn, einem Mann mittleren Alters mit Hornbrille, erzählt, beschließe aber, dass ich besser den Mund - und meine Euphoriegefühle für mich behalte.

Paul und ich hatten vorab abgemacht, dass wir uns nicht erzählen, was wir jeweils als Unternehmung für uns allein geplant haben – jetzt würde ich ihm am liebsten alles bis ins kleinste Detail erzählen.

Leider haben wir beschlossen, dass Geheimnisse die andere Person attraktiver machen, also beschränken wir uns auf folgenden Dialog: „Wie wars bei dir?", „Schön, bei dir?", „Auch gut."

Abends kuscheln wir uns pünktlich zum Tatort gemeinsam aufs Sofa und bestellen Nudelauflauf beim Dönermann um die Ecke. Irgendwann schlafen wir zwischen den leeren Alubehältern ein, gleiten in ein gemütliches Käsekoma.

Am nächsten Morgen verschlafen wir, ich komme zehn Minuten zu spät in der Bank an. Eigentlich mag ich meine Arbeit und unsere Kleinstadt, heute aber kann ich mich nicht so recht motivieren. Die Leute, die in unsere Filiale kommen, langweilen mich zu Tode – ich wette, niemand dieser einfältigen Menschen, die nicht einmal selbstständig eine Überweisung ausfüllen können, war jemals in Berlin, um sich fremde Vulven anzusehen.

Kurz vor der Mittagspause checke ich die Konten von Paul und mir, das mache ich täglich. Das Geld für meine Bahnfahrt und den Vulva-Watching-Kurs wurde schon vor einer ganzen Weile abgebucht, heute ist neben unserer Nudelbestellung eine weitere Zahlung abgezogen worden: 270 Euro, als Empfänger ist Armin Lobscheid vermerkt. Ja, Paul und ich wollten unsere Selbsterfahrungserlebnisse geheim halten, aber ich bin einfach zu gespannt, was er erlebt hat. Ich gebe den Namen des Kontoinhabers in die Google-Suche ein – und bin fassungslos. Paul hat unseren Selbsterfahrungstag offensichtlich genutzt, um in den Puff zu gehen.

Nachspiel
Pauls POV

Ich bin wirklich nicht ins Pascha gefahren, um Sex zu haben. Und ich hatte auch keinen. Aber das würde ich mir wahrscheinlich selbst nicht glauben. Wer geht schon in den Puff, um sich Nachhilfe zu holen? Man geht ja auch nicht an die Fleischtheke im Supermarkt, um schlachten zu lernen.

Dass Nele irgendwie sauer ist, hatte ich schon mittags im Gefühl. Ich hatte ihr geschrieben, dass ich auf dem Heimweg noch kurz am Netto anhalte, um einzukaufen – und ob sie auch schon Hunger hat. Darauf hatte sie nur geantwortet, dass ihr der Appetit vergangen sei und Fischstäbchen sie „urst ankotzen". Montag ist unser Fischstäbchentag und normalerweise freut sie sich immer auf die in Fett gebackenen, knusprigen Stäbchen. Mir war also klar – da ist etwas ganz Faules im Busch. Deshalb besorgte ich auf dem Rückweg nebst Fischstäbchen noch einen kleinen Blumenstrauß von der Tankstelle, vielleicht habe ich ja den Jahrestag, Namenstag oder sonst ein Event verpasst – sowas ist Nele immer sehr wichtig.

Als ich die Wohnungstür öffne, kann ich die dicke Luft geradezu spüren. Nele steht am Esstisch und hat offensichtlich auf mich gewartet. Ihr Gesicht ist dunkelrosa und sie scheint geschwitzt zu haben – ihr dunkles Makeup hat merklich auf den Rand der hellen Bluse abgefärbt.

„Du hast also eine Hure gefickt, du widerliches Schwein!", schreit Nele und schleudert mir einen Kontoauszug entgegen.

"Armin Lobscheid" steht auf dem Auszug – komisch, mir hatte sich die Dame aus Zimmer Nr. 27 noch als Natascha vorgestellt. Der Anfangsbuchstabe N ist die einzige Gemeinsamkeit von Nele und Natascha, scheint mir. Zumindest hatte Natascha deutlich bessere Laune und nicht so einen roten Kopf wie Nele.

„Das war keine Hure, sondern eine wirklich nette Frau", sage ich.

„Achja? Wenn sie so nett ist, dann sei doch mit ihr zusammen! Und ach, dein Weihnachtsgeschenk kannst du dir auch in den Arsch schieben", ruft Nele, stürmt aus dem Zimmer und kommt kurz darauf mit einem weißen, unförmigen Etwas in der Hand zurück.

„Hurenficker", kreischt sie und wirft das Objekt auf den Boden. Der Gipsklumpen zerspringt in viele Einzelteile, blöd für Nele, sie ist diese Woche mit Staubsaugen dran. Ein Teil kullert bis zu meinen Füßen; es ist länglich und faltig, ein bisschen sieht es aus wie eine Nacktschnecke.

Keine Ahnung, wie ich da an Weihnachten Freude hätte vortäuschen sollen. Aber – sicher ist, dass ich den Streit dringend beenden muss. Ich habe Hunger und solange Nele so eine schlechte Laune hat, kommt niemals etwas zu essen auf den Tisch.

„Engelchen, komm mal her", sage ich und greife Neles Hand, „wirklich, du musst mir glauben. Ich wollte einfach ein paar Dinge wissen. Ich habe das Gefühl, dass ich gar nicht richtig weiß, was ich machen kann, damit du auch ein wenig Spaß am

Sex hast. Und da dachte ich, dass ich am besten eine Expertin frage. Ich rede da doch nicht mit Torben drüber, der lacht mich nur aus. Wusste ich doch nicht, dass ein Gespräch im Puff so teuer ist."

Gut, ich hätte mir denken können, dass Natascha sich nicht aus Nächstenliebe besonders viel Zeit genommen und mir alles im Detail erklärt hat – aber ich dachte eben, dass sie mich wirklich gern hat.

Nele scheint sichtlich besänftigt.

„Du bist wirklich ein ziemlicher Trottel. Und jetzt bin ich gespannt, was du gelernt hast", sagt sie und zieht mich hinter sich her ins Schlafzimmer.

Ich performe gut und komme nach anderthalb Minuten ans Ziel. Nele nicht. Naja, Rom wurde auch nicht an einem Tag erbaut, aber immerhin gibt es jetzt endlich Fischstäbchen.

7. Arm aber sexy

Es gibt tatsächlich wenig Dinge, die mich wirklich anmachen. Ich bin kein besonders visueller Mensch, deshalb gefallen mir Pornos auch nicht. Ich könnte auch keine äußerlichen Merkmale an einem Mann benennen, die mich sexuell erregen.

Aber wenn es eins gibt, das mir nasse Oberschenkel bereitet, dann ist es die finanzielle Unterlegenheit anderer Menschen. Egal ob nach einem Termin im Frisörsalon, an der Supermarktkasse oder nach einem Besuch bei meinem Opa im Pflegeheim – im Anschluss ist mein Slip jeweils so triefend nass, dass es sich bei der anschließenden Autofahrt anfühlt, als würde ich auf einem Schwamm sitzen, der schon eine Woche lang im vollen Spülbecken liegt und sich mächtig vollgesogen hat.

Vielleicht habe ich unterbewusst auch deshalb den Beruf der Bankkauffrau auserwählt. Wenn ich mich bei der Arbeit mit den finanziellen Problemen anderer Leute auseinandersetze, muss ich nicht selten nach einem Beratungsgespräch schnell in den Waschraum gehen und mir kaltes Wasser ins Gesicht spritzen, damit ich wieder klare Gedanken fassen kann.

Ich liebe es, dass mittlerweile fast jedes Geschäft monatliche Ratenzahlungen anbietet – viele Menschen in der Schuldenfalle bedeuten viele Stunden mit harten Brustwarzen für mich.

Ich habe lange überlegt, wie man bei der Partnersuche am besten all diejenigen ausschließen kann, die zur Mittelschicht gehören. Leider gibt es bei keiner Dating-App die Funktion, finanziell gefestigte Menschen grundsätzlich nicht angezeigt zu bekommen.

Ich verlagerte meine Suche vom Internet auf die Straße und überlegte, dass vielleicht ein Obdachloser die perfekte Wahl sein könnte. Immerhin dürfte er so einiges zu tun bereit sein, um einen warmen Ort zum Schlafen zu haben. Dann hatte ich aber doch etwas Respekt vor Ungeziefer im Bett – oder davor, dass vielleicht ein abgefrorener Zeh auf unseren schönen, gerade erst erworbenen Teppich fallen könnte, wenn er seine Socken auszieht.

Also habe ich bei meinem letzten Besuch im Pflegeheim das Gespräch zu allen Pflegern auf Opas Station gesucht. Einer hat direkt angebissen: André, 24 Jahre alt, hellblond, ein blasser, dünner Junge, der mir niemals aufgefallen wäre, wenn nicht gefühlt ein rotes Eurozeichen über seinem Kopf schweben würde. Er trägt Klettschuhe, die wahrscheinlich von Schuhkay oder Real sind und hat billig gestochene Tattoos, die an den Rändern bereits ausgefranst sind. Ich habe ihm selbstverständlich nicht erzählt, dass ich auf mittellose Menschen stehe. Stattdessen habe ich ihm gesagt, dass mein Freund Paul und ich kaum etwas so attraktiv finden wie Menschen in sozialen Berufen, dass uns einfach fasziniert, was Menschen wie er Tag für Tag in ihrem Job leisten. Das hat gezogen. Jeder Mensch liebt es, bewundert zu werden. Wir verabredeten uns für Donnerstagabend; es ist sein erster freier

Abend seit Monaten – und er möchte ihn gerne mit uns verbringen.

Pünktlich um 20 Uhr klingeln wir bei André. Wir haben zwei Flaschen Wein aus dem niedrigen Preissegment dabei, in der Hoffnung, dass sein Gaumen, der vermutlich nur Tetrapak-Wein kennt, nicht zu sehr überfordert wird. Er öffnet die Tür, sichtlich aufgeregt, dass er endlich Wertschätzung für seinen Beruf erfährt.

Wir haben mit André abgesprochen, dass er ein paar Plakate in seiner Wohnung aufhängen soll, die er und seine Kollegen in den letzten Monaten gebastelt haben. Und so zieren nun Banner mit den Sprüchen "Wir wollen Pflege mit Leib und Seele", "Ein Land, das an der Pflege spart, begibt sich auf 'ne Todesfahrt" und "Profit pflegt keine Menschen" die Wände seines 35-Quadratmeter-Appartments. Meine Brustwarzen bohren sich in die weiche Watte meines Büstenhalters und ich muss etwas schwerer atmen, als ich seinen Maschinenhaarschnitt sehe, der nicht mehr als sieben Euro gekostet haben kann.

Ich schaue mich in der Wohnung um und erfahre eine Reizüberflutung. Poster von Sarah Connor sind mit Tesa-Film an die Wände geklebt, die Küchenecke zieren Latte-Macchiato-Wandtattoos; das absolute Zeichen für Mittellosigkeit und Geschmacksverlust. Meine Brust hebt und senkt sich in schnellem Rhythmus, ich habe wirklich große Lust.

André beginnt zu erzählen, wie sehr er sich über diesen freien Abend freut, wie lange er keine Freizeit mehr hatte und wie viele unbezahlte Überstunden er diesen Monat schon gemacht hat. Als er sagt, dass er am Ende des Monats keinen Euro zur Seite legen kann und teilweise sogar die Puddingreste der Heimbewohner isst, kann ich nicht mehr an mich halten. Ich greife Paul fest in den Schritt und küsse ihn fordernd. Ich will jetzt genommen werden, am liebsten direkt auf dem zugestaubten Expeditregal, das zeitgleich als Tisch, Regal und Raumtrenner dient. Paul beginnt, sich an mir zu reiben, ich war noch nie so erregt. Ich bin extrem feucht und mir ist heiß vor Lust. Fast wundert mich, dass die einfachverglasten Fenster noch nicht beschlagen. Ich lehne mich über das Expeditregal. Paul zögert nicht und zieht mir Jeans und Unterhose herunter. Ich kann kaum erwarten, endlich seinen Penis zu spüren, als André einen Schritt auf uns zumacht und mich über das Regal hinweg küssen will.

„Nein", rufe ich, halb stöhnend, halb entsetzt, „du darfst hier doch nicht mitmachen man! Sag mir, was du verdienst, sag mir, ob du noch Taschengeld von deinen Eltern bekommst."
André ist sichtlich irritiert: „Was ist denn das hier für eine kranke Nummer? Ich dachte das wird ein Dreier. Haut bloß ab mit eurer gestörten Fetischscheiße."
Augenblicklich versiegt auch meine Lust. Ich bin doch nicht krank. Und einen Fetisch habe ich garantiert nicht. Das lasse ich mir nicht bieten. Ich ziehe meine Hose wieder hoch, schließe den Knopf und greife nach Pauls Hand. Zum Glück dauert es nicht lang, bis wir die kleine Wohnung verlassen haben; fünf Schritte und wir sind zur Tür hinaus. Den Weg das Treppenhaus hinunter sprinte ich fast; mir ist unangenehm,

für eine Perverse gehalten worden zu sein, gerade jetzt, da ich das erste Mal offen zu meiner Vorliebe stehe. Draußen vor der Haustür bin ich zwar noch immer getroffen, entschließe mich aber, noch einmal bei André zu klingeln. Als ich das Klacken der Gegensprechanlage höre, klatsche ich. Applaus als Anerkennung für seine Leistung und Entschuldigung für mein Verhalten; das wird einem Menschen aus dem Pflegebereich sicherlich gefallen.

Nachspiel
Neles POV

Seit dem Abend bei André haben wir nichts mehr von ihm gehört, was erst einmal verständlich und vollkommen in Ordnung ist, schließlich schien er wirklich sehr aufgebracht. Beunruhigend ist aber, dass ich auch von meinem Opa seither keinen Anruf mehr erhalten habe – und ihn umgekehrt auch nicht mehr erreichen konnte. Ich habe ein bisschen Sorge, dass André meinem Großvater entweder von meiner kleinen Vorliebe erzählt hat – und er jetzt völlig angewidert keinen Kontakt mehr zu mir haben will, oder aber André – und ich weiß nicht, welche Version ich schlimmer finde – meinem Opa etwas angetan hat, um sich zu rächen.

Auch auf die Gefahr hin, von meinem Opa mit Schweigen gestraft zu werden, beschließe ich, über meinen Schatten zu springen und ins Pflegeheim meines Opas zu fahren, um nach ihm zu sehen. Ich will aber keineswegs unvorbereitet kommen, deshalb packen Paul und ich einen kleinen "Zu verschenken"-Karton zusammen, in den wir allerhand Dinge aus unserem Haushalt packen, die wir nicht mehr brauchen oder die nicht mehr ganz einwandfrei funktionieren. Ein paar der Pflegekräfte werden sich bestimmt darüber freuen. Dazu fertige ich einige Handlettering-Karten an.
"Gesundheit, Liebe und schöne Momente sind der wahre Reichtum des Lebens" schreibe ich auf eine der Karten, *"Reichtum allein macht nicht das Glück auf Erden"* auf eine weitere.

Unsere Präsente sollen André besänftigen und ihm und allen anderen Mitarbeitenden des Pflegeheims zeigen, dass wir, Paul und ich, nicht nur große Lust auf ärmere Menschen, sondern auch ein großes Herz für die finanziell Benachteiligten in unserer Gesellschaft haben.

Wie Rotkäppchen beim Besuch der Oma komme ich mir vor, als ich mich mit dem großen Karton auf den Weg mache. Ähnlich bange wie vor einem Wolf ist mir auch vor dem Aufeinandertreffen mit André. Wird er mich anschreien oder vor allen anderen Kollegen als Sexmonster bloßstellen?

Ich gehe durch die Eingangstür und tatsächlich erblicke ich direkt Andrés blassblonden Schopf. Er kommt im Flur geradewegs auf mich zu, mein Herz schlägt mir bis zu den Ohren. Im Vorbeigehen grüßt er freundlich und eilt weiter. Kein verurteilender Blick, kein Ausweichen, keine Beschimpfungen. Es scheint alles okay zu sein zwischen uns. Vergeben und vergessen - die einfachen Leute sind oft so gutherzig. Auch Kinder in Afrika sollen ja die fröhlichsten Kinder überhaupt sein und das, obwohl sie ständig Hunger leiden müssen und wahrscheinlich keine Ahnung haben, dass in anderen Ländern brillante Köpfe Hühnerfleisch schreddern, es in Dinoformen drücken, dann panieren und mit Ketchup und Mayo garniert einen der optisch und geschmacklich ansprechendsten Snacks der Welt kreieren – und sie in ihren provisorischen Lehmhütten niemals in diesen Hochgenuss kommen werden.

Ich stelle den Karton vor den Mitarbeiterraum und gehe durch die langen Flure zum Zimmer meines Opas. Ich klopfe an und trete ein. Eine Pflegerin ist bei ihm im Zimmer und zieht die Vorhänge zurück, er ist also gerade von seinem Mittagsschlaf aufgewacht. Opa scheint gut drauf zu sein; ein breites zahnloses Lächeln zieht sich über das ganze Gesicht. Er fasst mich an der Hand.

„Nele, schau mal", flüstert er und lässt ein 50 Cent-Stück fallen. Sofort eilt die Pflegerin herbei, bückt sich und hebt das Geld auf: „Na, Herr Breimers, Sie haben heute aber keinen guten Tag. Fühlen Sie sich schwach? Das ist jetzt schon das achte Mal, dass Ihnen die Münze runterfällt."

„Ach, Liebchen, es ging schon besser, was? Aber behalten Sie das Geld man, sonst fällt es mir noch häufiger runter", antwortet Opa.

Die Pflegerin steckt die Münze ein und geht hinaus.

Opa zwinkert mir zu: „1-a-Holz vor den Hütten hat die Roswitha. Und für ein bisschen Geld bückt sie sich ganz eifrig. Ach, die arme Maus. Aber es ist ein fairer Deal – Roswitha freut sich über das Geld, das sie in die Heimat schicken kann, ich mich über ein vernünftiges Paar Brüste."

Ich mustere Opa verblüfft - der Apfel fällt wohl wirklich nicht weit vom Stamm, er landet teils direkt daneben. Zum ersten Mal in meinem Leben fühle ich mich richtig verbunden mit ihm – das ist Familie! Und Opa mag zwar dement sein, Herr seiner Sinne ist er aber definitiv noch.

8. Das Tauschgeschäft

Das Paar für unser nächstes Abenteuer haben wir – wie den fischigen Diego – auf Joyclub gefunden; beide in der Hoffnung, dieses Mal einen besseren Fang getätigt zu haben. Beute, die wir nicht angewidert direkt wieder zurück ins Wasser werfen wollen.

Die beiden, Alex und Marie, verbringen laut Profiltext ihre freie Zeit am liebsten draußen in der Natur, machen ausschließlich Aktivurlaube mit Wanderungen, Surfsessions und Mountainbiketouren, außerdem ernähren sie sich vegan. Damit wir irgendeine gemeinsame Ebene haben, erzählen Paul und ich im Chat, dass auch wir es lieben, die Wellen zu reiten und schon ewig ohne tierische Produkte leben. Dazu versenden wir viele Wellen-Emojis und grüne Herzen, um das Geschriebene zu unterstreichen. Mit Aktivurlauben haben wir tatsächlich gar nichts am Hut, unsere Zip-Off-Hosen konnten wir im All-Inclusive-Urlaub auf Fuerteventura aber dennoch sehr gut gebrauchen – während in der Sonne eher Shortzeit angesagt war, wurde es durch die Klimaanlagen in den Restaurants doch eher frisch – da waren wir dann stets froh, wenn wir uns kurzerhand die Hosenbeine ranzippen konnten.

Um alles für den geplanten Partnertausch zu besprechen, treffen wir Marie und Alex am Sonntagnachmittag in einem Café. Die beiden sind schon da, als wir das Café Bohnengold am anderen Ende der Stadt betreten. Wir begrüßen sie standesgemäß mit einem "Hang loose"-Ausruf und abgespreiztem Daumen und kleinem Finger, um die Surfer-Attitude aufrecht zu halten. Die beiden entgegnen uns ein freundliches „Hallo" und geben uns fast schon spießig die Hand. „Setzt euch doch zu uns", sagt Marie und räumt ihre Jacke von den verbleibenden Hockern. Es ist eines dieser Cafés, die zwar cool aussehen, aber keinerlei gemütliche Sitzmöglichkeiten haben. Entweder man muss an einer viel zu hohen Kaffeebar stehen oder man sitzt auf unbequemen Hockern, die deutlich zu hoch für die davor platzierten niedrigen Paletten-Tische sind. Jetzt kauere ich auf einem dieser Hocker und spüre, wie zwei Bauchfettrollen zwischen Jeansbund und BH hervorquellen.

Marie und Alex haben bereits bestellt, bevor wir gekommen sind, ich gebe bei der Kellnerin zwei Cappuccino und Marmorkuchen mit dreifach Sahne in Auftrag.
„Ernährt ihr euch etwa nicht mehr vegan?", fragt Alex und zieht kritisch eine Augenbraue hoch.
„Äh, doch klar", komme ich ins Stocken, „aber auswärts ist es ja oft einfach nicht möglich. Die sind alle noch so hinterher."
„Aber doch nicht hier, die haben alle veganen Alternativen", sagt Alex.
Ich springe von meinem Hocker herunter und habe kurz das Gefühl, mir den Knöchel verstaucht zu haben. Ich humpele durch das Café, mein Sportler-Image dürfte ebenso wie ich ins Wanken geraten. Zum Glück ist die Kellnerin noch nicht weit gekommen. Ich tippe ihr dreimal schnell auf die Schulter, als sie nicht reagiert noch zweimal.

„Entschuldigung, ich habe da bei der Bestellung einen kleinen Fehler gemacht. Könnte ich die Cappuccinos bitte mit einer Milchalternative bekommen und die Kuchenstücke ohne Sahne?", frage ich.

„Aber sicher, meine Liebe. Hafer-, Soja-, Mandel-, Hanf-, Lupinen-, Reis-, oder Kokosmilch?", fragt sie.

„Ja", sage ich und gehe zurück zu meinem Platz.

„Na, jetzt trinken wir Veganer den Kühen wieder die Milch weg, was?", sage ich und lache die beiden an.

„Ääh nee, irgendwie so gar nicht", sagt Marie.

Sie ist mir nicht sympathisch, aber ich glaube Paul findet sie heiß.

Zurück am Tisch betrachte ich Alex und Marie eingänglich – ganz objektiv betrachtet sehen die beiden viel zu gut aus, um sich mit uns einzulassen. Sie strahlen eine unangestrengte Coolness aus, die mir völlig fremd ist. Alex hat einen vollen, schönen Bart, ein einnehmendes Lächeln und diese typisch eiskalt-blauen Augen, die gefühlt Grundvoraussetzung sind, um Surfer zu werden. Marie sieht so sportlich aus, dass es mich nicht wundern würde, wenn sie ein Sixpack hätte. Sie trägt einen Hoodie - dass sie selbst darin gut und weiblich aussieht, ist eine absolute Frechheit. Wenn ich einen Hoodie trage, sehe ich aus wie ein dreizehnjähriger Junge, der im Skatepark abhängt.

Die Kellnerin bringt uns unsere Bestellung an den Tisch. Ich nippe an dem Cappuccino mit Hafermilch, er schmeckt scheußlich. Der Kuchen ist ohne Sahne so staubig, dass ich husten muss. Ich spüle die Brösel mit Kaffee hinunter, er schmeckt noch immer abartig. Ich wusste nicht, dass das vegane Leben so viele Hürden bereithält; hoffentlich müssen wir uns nicht häufiger treffen, bis endlich etwas läuft. Alex und Marie erzählen uns, dass sie sich häufig mit anderen Paaren treffen und Partner tauschen und das als ihren Beitrag zu einem freundlichen und offenen Miteinander der Gesellschaft sehen. Gut, das erklärt, wieso die beiden sich mit uns treffen, obwohl wir ganz offensichtlich in unterschiedlichen Ligen spielen – es ist ihre gute Tat, ihr Engagement für eine bessere Welt.

Mir persönlich ist es ein bisschen egal, ob ich nun ein Wohltätigkeitsprojekt bin oder nicht – ein so attraktiver Mann wird sich wohl vorerst nicht wieder vor mir ausziehen, also nehme ich das Angebot gerne an. Wir verabreden uns für Mittwoch – Alex wird zu uns in die Wohnung kommen, Paul zu Marie fahren. Die beiden sind extrem nett, aber uns fehlt einfach eine gemeinsame Gesprächsbasis, um uns noch weiter zu unterhalten. Nach etwa zwanzig Minuten verabschieden wir uns wieder. Mein Cappuccino ist noch halb voll, ein paar Kuchenkrümel schwimmen an der Oberfläche.

Zuhause angekommen beschließen Paul und ich, dass wir unseren Kühlschrankinhalt an unseren vermeintlich veganen Lebensstil anpassen müssen. Es ist zwar unwahrscheinlich, dass Alex in unsere Schränke schaut, trotzdem gehen wir lieber auf Nummer sicher. Drei Tage lang sind wir damit beschäftigt, Gesichtswurst und Dino-Nuggets in rauen

Mengen zu vernichten, ebenso lange haben wir beide fiese Blähungen.

Auf meinem Lieblingssender TLC gibt es die Serie "Mein Leben mit 300 kg", in der häufig Feeder-Beziehungen vorgestellt werden, in der ein Partner es liebt, den anderen Partner so lange zu füttern, bis er mit einem Kran aus dem Fenster geholt werden muss. Ich mag die Sendung echt gern. Nachdem Paul und ich uns tagelang selbst gemästet haben und ich einmal nach ihm ins Badezimmer musste, bin ich mir nun aber sicher, dass es niemals meine Leidenschaft werden wird, meinen Partner mit Essen vollzustopfen. Bis Mittwochabend sind unsere Darmbeschwerden zum Glück – und einer Schachtel Buscopan zum Dank - weitestgehend abgeklungen und ich fühle mich halbwegs bereit für das heiße Abenteuer mit Alex. Paul verabschiedet sich mit einem Kuss von mir.

Pünktlich um 19 Uhr klingelt es an der Tür. Ich drücke auf den Türsummer und wenige Augenblicke später steht Alex vor unserer Wohnungstür. Trotz der vielen Treppen ist er kaum außer Atem. Er trägt eine lockere Leinenhose und ein grünes Leinenhemd. In einem Outfit, in dem Paul und ich aussehen würden wie Plantagenarbeiter im Süden Spaniens, sieht er sexy und lässig aus. Ich weiß noch nicht, ob das Leben es gut mit ihm oder schlecht mit mir meint.
„Gut siehst du aus", begrüßt Alex mich und gibt mir einen Kuss auf die Wange.
Er riecht gut, männlich und warm.

„Danke", sage ich und trete schnell meine Hello-Kitty-Puschen von den Füßen, plötzlich sind sie mir peinlich.

Wir gehen ins Wohnzimmer. Noch bevor ich mich auf das Sofa setzen kann, fasst Alex mich an der Hand, während er mit seiner anderen Hand nach meiner Hüfte greift, zieht mich zu sich heran und küsst mich leidenschaftlich. In meinem Kopf sieht das aus wie eine klassische Kussszene im Film. Ich erwidere seinen Kuss, er schmeckt gut und definitiv nicht so, als hätte er sich in den letzten Tagen mit Dino-Nuggets vollstopfen müssen. Ich spüre die kräftigen Muskeln an seinen Armen – und mir wird bewusst, dass ich bis heute keine Ahnung hatte, wie heiß ein durchtrainierter Körper ist. Alex hebt mich hoch und drückt mich gegen die Wand, ich schlinge meine Beine um ihn. Verdammt, das ist wirklich wie im Film. Wir knutschen wild. Ich kann an nichts anderes mehr denken als daran, dass ich jetzt diesen Gott von einem Mann in mir spüren will. Mir ist heiß und kalt zugleich, mein Atem geht stoßweise. Alex trägt mich ins Schlafzimmer; ich fühle mich ohnehin zu schwach und zittrig vor Lust, als dass ich noch hätte laufen können. Er reißt sich das Hemd vom Körper, zieht mir die Bluse aus und öffnet mit einem Handgriff meinen BH. Gekonnt.

Plötzlich weiten sich seine Augen: „Ach du Scheiße, wie siehst du denn aus?"

Das finde ich gemein. Erst macht er mich fast so heiß wie Andrés Armut und dann, wenn es zur Sache gehen soll, ist er ein Arsch? Ich halte meine Hände über meine Brüste, immerhin scheinen sie ja Auslöser gewesen zu sein, mich als vollends hässlich zu betiteln. Mein Gesicht glüht. Und ich fürchte, dass ich gleich anfange zu heulen; zumindest atme ich schon peinlich japsend und kann nur noch wie durch einen Schleier hinweg Alex Umrisse wahrnehmen.

„Nee, jetzt mal ehrlich, was ist mit deinem Gesicht los?", fragt Alex.

Die Besorgnis in seiner Stimme finde ich fast noch gemeiner, als einfach nur beleidigt zu werden. Ich drehe mich auf die Seite und vergrabe mein Gesicht im Kopfkissen.

„Ey Nele, wirklich, ich glaube du musst zum Arzt", sagt Alex.

Langsam kaufe ich ihm seine Besorgnis ab. Ich taste mein Gesicht ab, es ist glühend heiß. Meine Finger gleiten weiter über mein Gesicht, sowohl Lippen als auch Augen sind extrem angeschwollen. Verdammte Scheiße. Meine abnormale Atmung steht also weder für sexuelle Erregung noch Traurigkeit, sondern einfach nur für eine schwere allergische Reaktion.

„Habt ihr Katzen zuhause?", frage ich Alex.

„Ja, drei britische Kurzhaar-Damen. Willst du Fotos sehen?", antwortet er und hält mir sein Handy vors Gesicht.

Ich kann kaum die Augen öffnen, aber strenge mich an, um etwas auf dem Bildschirm erkennen zu können. Die Mühe zahlt sich aus, die Katzen sind tatsächlich richtig süß! Und so ist es glaube ich oft im Leben – das, was man am meisten liebt, kann einen am meisten verletzen.

Ich stehe auf, wanke ins Bad und versuche, halbblind die Hausapotheke samt Antiallergika zu finden. Ich schmeiße eine dreifache Dosis an Tabletten ein, von denen ich hoffe, dass sie die richtigen sind, und lasse mir noch eine Weile kaltes Wasser über mein Gesicht laufen.

Nachspiel
Pauls POV

Nele sieht aus wie Quasimodos Cousine, als ich sie gegen 23 Uhr vor der Notaufnahme des städtischen Krankenhauses abhole. Alex hatte sie dort hingefahren und mir Bescheid gegeben, dass ich Nele bald wieder abholen kann. Und er hatte mich gewarnt, dass der Anblick kein Zuckerschlecken sein wird, also konnte ich mich auf der Fahrt zum Krankenhaus wenigstens etwas wappnen.

Besonders schlimm war die Unterbrechung des Abends für mich nicht – ich fand Marie zwar heiß wie Mojo Rojo extra scharf, eine Erektion bekam ich trotzdem den gesamten Abend nicht zustande. Je mehr sie versuchte, meinem Penis wenigstens ein klein wenig Leben einzuhauchen, desto unangenehmer wurde es mir und desto weicher wurde wiederum mein Glied.

Froh über die Unterbrechung war ich außerdem auch deshalb, weil sich mein Bauch ab Beginn unseres Treffens innerhalb kürzester Zeit mit Gasen füllte. Keine Ahnung, wie häufig ich normalerweise an einem Abend furze – aber es muss oft sein, wenn in Maries Gesellschaft schon 45 Minuten ohne Gasablassen zu monströsem Bauchreißen führen. Nun, da ich es auf keinen Fall tun wollte, wurde meine Bauchdecke bretthart und spannte schmerzhaft. Gefühlt war in meinem Bauch ein einziger großer Furz, als ich zum Auto lief, um Nele abzuholen. Hinterm Steuer ließ ich ordentlich Dampf ab.

Nele werde ich trotzdem erzählen, dass ich Marie gefickt habe wie ein Karnickel, das 20 Monster Energy Pacific Punch intus hat; schnell wie eine von Kinderhand geführte Nähnadel in einer Klamottenfabrik in Bangladesch.

Nele steigt ein. Ihrem Gesicht nach zu urteilen hätte es statt einer Katzenhaarallergie auch ein Busunfall gewesen sein können, der ihr widerfahren ist, aber das sage ich ihr lieber nicht. Nele sagt, dass es schon viel besser geworden sei, und ich frage mich, wie ihr jetziger Zustand noch schlimmer möglich gewesen sein soll.

Wir fahren durch die Stadt und Nele jammert. Alex sei so heiß, die Fotos der Katzen herzzerreißend süß, Alex Körper perfekt, sein Geruch anziehend und seine Berührungen elektrisierend gewesen. Sie hätte wegen ihrer blöden Allergie richtig was verpasst, vielleicht sogar den Sex ihres Lebens – oder endlich mal einen Orgasmus.

„Ich habe fantastisch gefickt", sage ich und schalte das Radio an. Ich will nicht mehr hören, wie toll dieser dämliche Vegan-Alex ist, der bestimmt nie Erektionsprobleme hat.

Zuhause angekommen gehen wir bald schlafen. Nele legt sich dazu eine Tiefkühlpizza auf ihr nach wie vor aufgedunsenes Gesicht.

Am nächsten Morgen riecht das Schlafzimmer nach Thunfischpizza, dafür sieht Neles Gesicht wieder normal aus. Nele ist schon wach und starrt nachdenklich die Schlafzimmerdecke an.

„Alles gut?" frage ich.

Nele seufzt schwer; melancholisch, leidend, ernüchtert.

„Ich werde meine Kätzchenecke wegräumen", sagt sie. „Die Götter in flauschiger Katzengestalt haben mich gestern fast das Leben gekostet."

„Mhmh", sage ich.

„Das werden schwere Stunden für mich. Du weißt, wie viel mir meine Kätzchen bedeuten. Ich fände es schön, wenn du mich dabei begleitest, Pauli", sagt Nele und guckt mich mit ihren zum Glück wieder abgeschwollenen Augen flehend an.

„Aber klar doch", sichere ich ihr zu und hoffe, dass ich genug für sie da bin, wenn ich nebenan in meinem Büro sitze und Wrestling schaue.

Wir melden uns beide bei der Arbeit krank und ich hole belegte Brötchen vom Bäcker. Als kleine Überraschung kaufe ich Nele noch eine Puddingbrezel – die mag sie besonders gern und ich hoffe, dass sie sich dann wieder etwas beruhigt und mich bei ihrer Katzenecke-Aufräumaktion außen vor lässt. Wir frühstücken gemeinsam und Nele sagt tatsächlich nichts, als ich vom Frühstückstisch direkt Richtung Büro gehe. Vielleicht, weil sie den Mund voll Puddingbrezel hat, aber wie dem auch sei, keine Widerworte sind keine Widerworte.

Ich schalte den PC an und checke die verpassten Chatnachrichten der letzten Stunden. Der Undertaker hat gestern Nacht wohl mächtig rasiert, das muss ich mir unbedingt ansehen. Ich mache es mir bequem und spule vor, bis die herrlich muskulösen Körper der Wrestler vor Schweiß glänzen. Meine linke Hand wandert langsam unter den Bund meiner Jogginghose, als mich ein lautes Schluchzen aus dem Wohnzimmer aus meinen Gedanken reißt. Nele heult, na bravo. Ich überlege kurz, einfach den Ton lauter zu machen, beschließe dann aber, ein guter Freund zu sein. Sie würde ohnehin so lange lauter werdend weinen, bis ich endlich den Kopf durch die Tür stecke – das Theater kenne ich schon. Ich schlurfe hinüber ins Wohnzimmer; Nele kniet vor ihrem Katzenschrein und hält eine Hello Kitty in Übergröße im Arm. „Ich will eine Beerdigung für Hello", jammert Nele und sieht mit ihren verheulten Augen wieder aus wie gestern Nacht.

Der Allergieschub scheint ernsthaft auch ihr Gehirn in Mitleidenschaft gezogen zu haben – eine Beerdigung für Kuscheltiere, kein gesundes Gehirn kommt auf solche Gedanken.

„Nele, wo denn? Wir haben nur einen Balkon", wende ich ein.

„Mir egal", schnieft Nele, „aber das alles hier hat einen anständigen Abschied verdient. Oder willst du etwa, dass ich meine Schätze in die Mülltonne schmeiße?"

Nele schaut mich halb drohend, halb flehend an. Mir ist ziemlich egal, was mit ihrem dämlichen Katzengerümpel passiert.

„Natürlich nicht! Ich lasse mir was einfallen, Schatz. Kopf hoch", sage ich, gehe zu ihr und klopfe ihr aufmunternd auf die hängende Schulter.

Ich will endlich weiter Wrestling schauen, also gehe ich voller Tatendrang auf den Balkon – ich habe eine Idee, die umgesetzt werden will. Ich nehme unseren kleinen Kugelgrill aus der Ecke des Balkons, schütte Grillkohle hinein und gieße ordentlich Spiritus drüber – ein echter Mann weiß, wie Feuer gemacht wird. Eine mittelgroße Stichflamme schießt nach oben und setzt das Efeu in Brand, das vom Balkon der Nachbarn über uns auf unseren Balkon herunterrankt. Nicht mein Problem, immerhin wurde damit ohnehin eine Nachbarschaftsgrenze ganz empfindlich überschritten – steht bestimmt irgendwo so in der Hausordnung.

„Schatz, deine Kätzchenecke wird eine Feuerbestattung bekommen", rufe ich durch die angelehnte Balkontür.

„Was?", ruft Nele und kommt auf den Balkon gelaufen.

„Na, eine Einäscherung, wie bei Oma Hildegard", sage ich und deute auf den brennenden Grill.

„Mmh, eigentlich gar keine schlechte Idee. Sonst müsstest du ein echt großes Loch graben."

Nele geht ins Wohnzimmer und kommt mit einem Arm voll Plüschtiere zurück.

„Die zuerst", sagt sie und überreicht mir eine kleine getigerte Steiff-Katze.

Nacheinander werfen wir die abstrusen Scheußlichkeiten in die lodernden Flammen, die sich kurzzeitig grün färben. Es stinkt abscheulich nach Chemie, Plastik und Geschmacklosigkeit. Die kleinen Katzen brauchen länger zum Verbrennen als ich vermutet hatte. Ich schütte noch einmal Spiritus nach, Nele holt derweil Nachschub in Form von Puzzeln, Grußkarten und Briefpapier. Unser eigenes kleines Krematorium läuft auf Hochtouren.

„Ich will ein Gebet sprechen", flüstert Nele und fasst mich an der Hand.

„Gut", sage ich und meine das Gegenteil. Wir schließen unsere Augen und ich drücke fest ihre Hand.

„Hallo ihr sanften Kreaturen, große Liebe meines Lebens, Glück auf vier Pfoten. Ihr weilt zwar nun nicht mehr länger auf Erden, doch für immer in meinem Herzen. Möget ihr auf Wolken tanzen und mit den Engeln singen, ruhet in Frieden, Amen."

„Das war schön, Nele", sage ich, schlucke mein Erbrochenes hinunter und schmeiße zwei Nici-Katzen-Anhänger ins Feuer.

Die ganze Sache könnte einen positiven Aspekt mit sich bringen – durch Neles Aufräumaktion finden bald vielleicht endlich ein paar meiner Wrestlemania-Plakate im Flur Platz, jetzt, da keine Katzenpuzzles mehr die Wände zieren.

„Wir brauchen eine Urne", sage ich.

„Stimmt, ein schöner Gedanke", sagt Nele und läuft los, um mir eine Hello-Kitty-Tupperdose zu bringen. Mit einem Kehrblech schaufle ich die Überreste aus dem Grill in die Schale hinein, danach ziehen wir uns Jacke und Schuhe an und gehen Richtung Stadtpark. Nele heult schon wieder.

Zum Glück ist heute ein Wochentag und der Park entsprechend leer, sonst hätte ich vor einer ganzen Horde Kinder das peinlichste Begräbnis aller Zeiten abhalten müssen. Unter einem Baum fange ich mit unserer kleinen roten Balkonschaufel an zu graben – nicht die beste Idee, wenn man bedenkt, dass Bäume Wurzeln haben, aber ich schaffe es dennoch, ein kleines Loch zu buddeln. Wir legen die Dose in die Erde, Nele wirft ein Gänseblümchen hinterher.

„Kannst du was sagen?", fragt Nele und ich sage: „Mmh."

„Erde zu Erde, Asche zu Asche, Staub zu Staub", sage ich und werfe Erde in das Loch.

„Ruhe in Frieden, liebe Katzen", ergänze ich.

Nele nickt zufrieden. Wir treten die Erde fest und gehen Hand in Hand vom Park nach Hause. Vielleicht holt sie mir heute Abend zum Dank einen runter. Verdient hätte ich es.

9. A little party never killed nobody

Bei Joyclub gibt es gefühlt mehr Menschen mit Fetisch als ohne. Ich vermute, dass viele Nutzer dieser Plattform noch nie Geschlechtsverkehr in der Missionarsstellung hatten und schon ihre Entjungferung auf einer Swingerparty vonstattenging. Von vielen Fetischen habe ich in meinem Leben noch nie gehört – und wünsche mir nach eingänglicher Recherche häufig mein einstiges Unwissen zurück. Nun, da ich gelesen – und teils gesehen habe, auf was Menschen alles stehen können, scheint mir, dass die Menschheit ihren Untergang eher früher als später verdient hat. Unsere Spezies ist verkommen. Selbst in unserer Kleinstadt scheinen sich Freaks und Perverse hinter jeder Ecke zu verstecken. Im Gegensatz zu all den Sexkranken, die sich im Netz tummeln, sind Pauls und meine Besuche auf Joyclub lediglich Teil unseres Exkurses; ein Experiment, eine Feldstudie– also sind wir nach wie vor ganz normale Leute.

Die obskuren Vorlieben einiger Menschen haben wir bereits zu unserem Vorteil nutzen können – so konnten wir Diegos bretthartes, stinkendes Unterhemd für 65 Euro an einen alten Perversen aus Brandenburg verschicken und einmal traf ich mich mit einem Mann, dessen Fetisch nur darin besteht, Frauen Geld zu geben und erniedrigt zu werden – ein sogenanntes Paypig. Zum Dank für seine 70 Euro trat ich ihm kräftig gegen beide Kniescheiben und nannte ihn einen kurzschwänzigen Versager. Abends bestellten Paul und ich uns unser Lieblingssushi vom Dönermann um die Ecke, ganz auf Kosten des Paypigs.

Für unser nächstes Abenteuer suchten wir auf Joyclub nach Veranstaltungen im 100-Kilometer-Radius, bei denen sich Paare mit anderen Paaren frei nach dem Motto: "Alles kann, nichts muss" treffen. Natürlich hoffen wir auf "Alles", damit wir keine soziale Interaktion für "Nichts" betreiben müssen. Wir finden zwei weitere Pärchen, die sich mit uns treffen wollen, auch die Locationfrage ist schnell geklärt – eines der Paare stellt seine Wohnung zur Verfügung. Ein lässiger Zug von den beiden, ich weiß nicht, ob ich direkt vier fremde Menschen in meine Wohnung einladen würde.

Das Treffen ist auf einen Freitagabend angesetzt - zum Glück habe ich freitags immer schon um 14 Uhr Feierabend, sonst wäre ich ziemlich unter Zeitdruck geraten. Ich musste duschen, meinen gesamten Körper rasieren, eincremen und Paul bitten, mir zwei Pickel auf dem Rücken auszudrücken. Ich zog mich mehrfach um und war nie richtig zufrieden – das Outfit sollte gut aussehen und gleichzeitig so bequem sein, dass sich keine Druckstreifen auf meinem Fleisch abzeichnen. Ich entschied mich für einen fliederfarbenen Jumpsuit, auf den ich meinen Lidschatten abstimmte, darunter trug ich lila-schwarze Spitzenunterwäsche.

20 Uhr, wir stehen vor einem hellgelb gestrichenen Mehrfamilienhaus in unmittelbarer Nähe des Stadtparks. Paul klingelt bei "Sundermann". Der Türsummer ertönt und wir

gehen die graugefliese Treppe nach oben. In der offenen Tür im zweiten Stock stehen Jasmin und Jannik, unsere heutigen Gastgeber. Jasmin ist sehr schlank, fast dünn, hat ein süßes Grübchen-Lächeln und volles, braunes Haar. Als Ausgleich zu diesen Pluspunkten kann sie eine riesige Zinkennase ihr Eigen nennen, außerdem ist ihr Gesicht von Aknenarben gezeichnet. Dennoch sieht sie attraktiv aus in ihrem weiten, gemusterten Sommerkleid.

Jannik ist ein gutes Stück größer als sie, ich finde er sieht aus wie Fogell aus dem Film Superbad, nur dass Jannik einen Kevin-Kurányi-Bart trägt und dadurch zumindest nicht mehr aussieht, als wäre er vierzehn.

Die beiden umarmen uns zur Begrüßung und bitten uns hinein. Ich bin froh, dass der Moment des gegenseitigen Abcheckens vorbei ist; man hat selten nur nette Gedanken über sein Gegenüber im Kopf und ich will nicht wissen, was die beiden über uns gedacht haben.

Wir reden über das Wetter, während Paul und ich unsere Schuhe im Flur ausziehen. Mich überläuft ein Schauer, als Paul seine Schuhe mit einem lauten Ratsch öffnet. Ich habe ihm schon oft gesagt, wie peinlich ich seine Klettschuhe finde, aber er findet sie "einfach ur praktisch".

Ich hole die beiden Flaschen Jive-Sekt aus meinem Eastpak-Rucksack und stelle sie mit zu den Weinflaschen auf den Tisch im Wohnzimmer. Der gefüllten Kondomschale nach zu urteilen, die direkt danebensteht, scheinen auch die beiden eher auf "Alles" als auf "Nichts" zu hoffen.

Es klingelt nochmals und Jannik und Jasmin gehen zur Tür. Ich schaue mich indes im Wohnzimmer um. Der Blick auf den Stadtpark ist unbezahlbar, auch sonst ist die Wohnung ganz nett.

Die Frage der Einrichtung scheint sich mit einem Großeinkauf bei Poco Domäne geklärt zu haben, aber naja, jeder wie er mag. Tische und Regale in Beton-Optik sind die grauenvollste Erfindung der letzten zwanzig Jahre, aber wenn die gesamte Einrichtung nur etwa 199 Euro im Supersale gekostet hat, erträgt man vielleicht, dass man jedes Mal Gänsehaut bekommt, wenn man seine Möbel anschaut.

Jannik und Jasmin kommen mit dem dritten Paar hinein: Monika und André, die sich mit einem zu festen Händedruck vorstellen. Die beiden haben die gleiche Figur: kurze Beine, breites Kreuz, sportlich und stämmig zugleich. Bei der Brustgröße bin ich mir uneins, wer von beiden geschlechtsbezogen den Kürzeren gezogen hat. Man sieht ihnen an, dass sie gern Sport machen, aber auch, dass sie noch lieber essen. Beide tragen eine Brille und haben rötlich-braunes Haar. Fast könnte man meinen, dass die beiden Geschwister sind. Ich hoffe es nicht, das wäre krank. Aber da wir die beiden über Joyclub kennengelernt haben, schicke ich zur Sicherheit ein Stoßgebet gen Himmel, dass wir heute nicht Zeuge einer inzestuösen Verbindung werden. Ich schaue in die Runde und stelle fest, dass wir eine eher durchschnittlich attraktive Gruppe sind. Keiner von uns ist so richtig hässlich, Geld könnte aber auch niemand mit seinem Aussehen verdienen. Dennoch, es hätte schlimmer kommen können.

Jannik und Jasmin schenken Wein ein, wir prosten uns zu. Noch ist die Stimmung unangenehm angespannt. Wetter und Verkehr haben wir an Gesprächsthemen schon abgehakt, ich vermute fast, dass das einzig weitere gemeinsame Interesse darin besteht, heute gemeinschaftlich Geschlechtsverkehr zu haben. Hin und wieder sagt einer von uns etwas wie: „Na, da sind wir jetzt" oder: „Das kann ja heute noch was werden mit uns" und der Rest der Gruppe antwortet mit verlegenem Lachen. Ich glaube, das wird nichts mit uns.

Monika oder André - also einer von den Geschwistern - sagt, dass sie eine Kleinigkeit für den Abend vorbereitet haben, die uns dabei helfen könnte, zu entspannen.
Tatsächlich habe auch ich ein paar Gesellschaftsspiele eingepackt, um die Stimmung aufzulockern. Ich mag Pärchen-Spieleabende echt gerne und in so großer Runde ist man doch eher selten unterwegs, da bietet sich eine Runde Monopoly einfach an. Ich habe etwas Sorge, nicht den Spielegeschmack der anderen zu treffen und warte deshalb erst einmal ab, was die beiden vorschlagen.
Da Monika ein lila und André ein grünes Shirt trägt, bin ich mir nun sicher, dass es André ist, der seine Faust öffnet und sechs kleine Papierkugeln präsentiert. Ich bin ratlos, schaue zu Paul hinüber und sehe, dass auch er keine Ahnung hat, wieso die Geschwister Knallerbsen mitgebracht haben – und ob es vielleicht ein Swingerbrauch ist, vor dem Sex Knallerbsen auf den Boden zu werfen, frei nach dem Motto: "Erst knallen die Erbsen, dann wir."
„Das ist MDMA", sagt Monika, „auch Kuscheldroge genannt."

„Das macht, dass sich alles gut anfühlt und ihr einfach nur glücklich seid", ergänzt André.

Gut, dass ich Siedler von Catan vorhin nicht direkt ausgepackt habe – unsere Vorstellungen einer auflockernden Unternehmung scheinen stark auseinanderzudriften.

Ich kenne Sex auf Drogen nur aus Warnungen vor K.O.-Tropfen und bin etwas skeptisch. Wozu auch Drogen nehmen, wenn ich schon Jive mitgebracht habe? Davon werde ich in der Regel ebenso locker wie ein 40 Jahre altes Gummiband.

„Wirklich Leute", sagt Monika, „jede Berührung wird sich für euch anfühlen, als würdet ihr auf Wolke Sieben schweben."

Ich sehe, dass Jasmin und Jannik einen langen Blick austauschen und dann schulterzuckend zustimmen. Ich will nicht das langweilig anständige Pärchen sein, also strecke ich mein Weinglas in die Luft und rufe: „Woooh."

Jeder von uns nimmt eine kleine Papierkugel in die Hand und spült sie mit einem großzügigen Schluck Wein hinunter. Keine Ahnung, was jetzt passieren wird. Noch stehen wir weiterhin unbeholfen voreinander und versuchen, Blickkontakte zu vermeiden. Ich trinke mein Glas Wein aus und beschließe, noch einmal auf die Toilette zu gehen, um mich frisch zu machen. Als ich durch den Flur zurück ins Wohnzimmer laufe, stoße ich versehentlich gegen die Kommode, eine Vase fällt hinunter und zerspringt laut klirrend in endlos viele Teile. Hoffentlich hat das niemand mitbekommen. Ich schiebe die Scherben eilig mit dem Fuß unter die Kommode, um meine Spuren zu verwischen.

Ich öffne die Tür zum Wohnzimmer. Vielleicht war ich länger weg als gedacht, auf jeden Fall haben sich alle anderen in der Zwischenzeit nackt ausgezogen. Jasmin, Jannik und Paul kuscheln auf der Couch, André und Monika stehen am gekippten Fenster und rauchen.

„Hey du", sagt André und winkt mir zu. Verrückt.

Irgendwie bin ich jetzt auch nackt – und ich will Haut spüren. Ich steuere durch den Raum und bin schnell und langsam zugleich. Es dauert lange, bis ich am Sofa angekommen bin, ausgestreckte Hände erwarten mich bereits. Der Weg zum Sofa war anstrengend, ich lege mich lieber kurz hin. Man, ist das ein weiches Sofa. Mir ist warm, aber ich habe das Gefühl von Gänsehaut, im Nacken und sogar auf den Zähnen. Ich knutsche mit Jasmin, das ist tatsächlich schön.

Ich nehme immer wieder Bruchstücke wahr. Wortfetzen, Bilder, die sich einbrennen und dann wieder verfliegen. Gespräche auf der anderen Seite des Raums, die sich plötzlich anhören, als stünde ich direkt daneben. Ich bin nicht wirklich im Hier und Jetzt sondern mal da, mal dort. Manchmal komplett bei dem, was ich gerade fühle, schmecke, mache; dann drifte ich wieder ab und verliere mich ein bisschen selbst. Zwischendurch habe ich verschiedene Geschlechts- und Körperteile in meinen Händen. Um mich herum passiert viel und irgendwie auch nichts. Es ist wunderschön.

Paul stolpert mit gigantischen Telleraugen und malmendem Kiefer an mir vorbei, während mich gerade jemand leckt, ohne, dass ich weiß, wer der anderen vier es ist. Ich drehe meinen

Kopf, um Paul weiter beobachten zu können. Er scheint so seine Probleme mit der Wirkung von MDMA und der Härte seines Penis zu haben. Tatsächlich habe ich seinen Penis noch nie so klein gesehen. Selbst ein Bad in eiskaltem Wasser hat keine so enorme Wirkung auf seine Schwellkörper. Es sieht aus, als würde sich sein Penis unter einer schrumpeligen Kapuze verstecken wollen. Ein bisschen erinnert sein Glied mich an eine aufgeknackte Walnuss, klein, zerknittert und unansehnlich. Ich schätze, dass das der Knackpunkt am Konsum von MDMA auf einer Sexparty ist – wenn alles warm und weich ist, ist eben wirklich alles warm und weich.

Jannik hält mir seinen Penis ins Gesicht. Also leckt er mich gerade nicht. Wobei, Moment – ist da überhaupt jemand? Mein ganzer Körper fühlt sich nach Cunnilingus an und ich kann nicht genau sagen, ob ich mir die Berührungen nur einbilde oder ob sie real sind. Real ist auf jeden Fall der Penis, der irgendwie zwischen meinen Lippen gelandet ist. Ich muss mich konzentrieren, meinen Kiefer nicht mehr so stark aufeinanderzupressen, es soll schließlich keine Verletzten geben.

Der Penis schmeckt nach Rauch. Schmeckt man Raucher? Oder macht mich MDMA zu einer Superheldin mit geschärften Sinnen, dass ich meine, das an seinem Penis festmachen zu können? Vielleicht hat er sich mit seiner Raucherhand einfach sehr häufig in den Schritt gefasst oder aber ich kann mit meiner Zunge nachvollziehen, wie das Nikotin durch seinen gesamten Körper wandert.

Ich werde mich mit der Frage demnächst mal an Sven wenden, einen befreundeten Arzt. Ich meine, seltsam raue Haut an seinem Penis zu spüren. Mit meiner Zunge taste ich die seltsame Stelle ab. Ist es ein Hautausschlag? Oder ein Pilz? Irgendeine Krankheit? Ich versuche, meine Gedanken auszublenden, damit aus meinem High kein Horrortrip wird. Ich mache weiter, umschließe sein Glied aber nicht mehr ganz so fest mit den Lippen, damit ich mir an seiner seltsamen Hornhaut-Pelle nicht die Lippen aufreiße.

Als ich das nächste Mal denke, habe ich keinen Penis mehr im Mund. Dafür hat Jasmin ihre Hand in mir, bewegt diese aber nicht. Es fühlt sich trotzdem extrem gut an. Danke, Jasmin.

Sie guckt gebannt in die andere Ecke des Sofas, ich folge ihrem Blick. Monika sitzt mit angezogenen Beinen vor André, der seine Hand wild in Monikas Monika rein- und rausbewegt. Mit nur wenigen Zentimetern Abstand zu ihrer Scheide befindet sich Janniks Gesicht, der aufgeregt auf seinen Wangeninnenseiten kaut.

André brüllt mehrfach "Showtime" in die Runde und sieht sehr angestrengt aus, während sein Arm sich fast zu schnell für meine derzeitige Auffassungsgabe bewegt. Dann zählt er von fünf herunter: „5 – 4 – 3", - lautes Stöhnen von Monika - „2 – 1, Wasser marsch!"

Ich reibe mir die Augen. Hat Monika gerade ernsthaft in Janniks Gesicht gepinkelt? Oder habe ich mir diesen gigantischen Strahl aus ihrer Scheide nur eingebildet?

Jannik sieht auf jeden Fall aus wie ein begossener Pudel, strahlt aber bis über beide Ohren.

Komische Menschen, aber ich habe sie dennoch lieb und würde Jannik jetzt gern die nassen Haare aus der Stirn streichen.

Ich frage mich, wo Paul ist. Ich habe ihn schon lange nicht mehr gesehen. Jasmin und ich knutschen, ich habe ihre himmlisch weichen Brüste in den Händen.

„Paul?", frage ich sie.

„Der macht ne Pause", flüstert sie, haucht mir zwei Küsse auf die Schulter und zeigt in die Wohnzimmerecke hinter mir.

Paul liegt in einen Bademantel gewickelt an die Wand gelehnt. Kurz habe ich als Assoziation das Bild einer süßen Raupe in ihrem Kokon im Kopf, dann fällt mir auf, dass er nicht nur aussieht wie ein kleines Häufchen Elend, sondern wie ganz große Scheiße. Ich tapse langsam zu Paul hin. Ich glaube, ich habe gerade wieder einen klaren Moment. Ein bisschen hoffe ich, dass dieser klare Moment bleibt - ich weiß aber nicht, wie lange so ein Trip dauert und wie lang es her ist, dass wir die Klopapierkügelchen geschluckt haben. Mir fällt eine Blutspur auf, die über den Teppich verläuft und auf Höhe von Pauls Fuß in einer nicht zu verachtenden Blutlache endet. Heilige Scheiße, ist das viel Blut. Das Blut hat eine echt schöne Farbe und ich würde gern meinen Finger als Pinsel benutzen und mit dem wunderschönen Tiefrot Herzen als Symbol für all die Liebe, die ich gerade empfinde, auf den Boden und an die Wände malen. Vielleicht habe ich doch keinen klaren Moment, überlege ich.

„Viagra. Aua. Scherben überall", murmelt Paul, verdreht die Augen und sinkt wieder zu Boden.

Ich schaue mir seinen Fuß an, aus dem das Blut sickert, es stecken noch mindestens vier Scherben darin. Ich habe die zerbrochene Vase wohl nicht sonderlich gut unter der Kommode versteckt.

Paul braucht einen Arzt, da bin ich mir ziemlich sicher. Ich schaue rüber zum Sofa, die anderen Pärchen haben gerade extrem lauten Sex und scheinen nicht mitzubekommen, was sich in der anderen Ecke des Raums abspielt. Ich gehe hinüber zur Couch und rüttle an Schultern – Jasmins und Andrés bekomme ich zu packen.

„Ey Leute, ich muss einen Krankenwagen für Paul rufen, dem geht's gar nicht gut", rufe ich.

Monika springt auf: „Was, verfickt? Ihr könnt doch hier keinen Arzt anschleppen. Wir haben Drogen dabei, man! Ihr müsst vors Haus."

Auch sie scheint jetzt sehr wach und klar zu sein. Ehe ich mich versehe, stehe ich angezogen vor der Haustür, Paul immer noch in den Bademantel gewickelt und mit seinen Klamotten bedeckt neben mir kauernd. Ich will schon lange ein Lebensmotto-Wandtattoo im Wohnzimmer haben, ich schätze "Sex, Drugs & Rock'n'Roll" wird es nicht. "Live, Laugh, Love" ist mir zu ausgelutscht, vielleicht bestelle ich lieber "Gib jedem Tag die Chance, der schönste deines Lebens zu werden". Ich wähle die 112, es klingelt.

Nachspiel
Neles POV

Zweimal jährlich gehen wir zur Blutspende beim DRK. In der Turnhalle der benachbarten Grundschule ist das immer ein recht großes Event, bei dem viele Menschen aus der Nachbarschaft zusammenkommen. Nach der Spende steht man bei Kaffee, Cola und Bockwurst meist noch nett zusammen und plaudert ein wenig. Wenn man sich gut mit dem Thekenteam versteht oder einen Schwächeanfall vortäuscht, bekommt man sogar mehrere Bockwürste, der Sonntagvormittag ist also in der Regel in Summe eine runde Nummer.

An diesem Sonntag ist Paul nicht dabei – er wurde erst gestern Nachmittag aus dem Krankenhaus entlassen und ist noch immer etwas wacklig auf den Beinen. Der Blutverlust war wohl massiver, als ich zunächst vermutet hatte.
Ich stehe allein in der Schlange, die sich quer über den Schulhof bahnt und noch kenne ich niemanden. Ich tue also, als würde ich angestrengt eine Nachricht auf meinem Handy tippen, damit keiner auf die Idee kommt, dass ich einsam bin. Tatsächlich füttere ich meine Hühner und ernte Möhren auf meinem "Top Farm"-Bauernhof.

Über Freitagabend haben Paul und ich uns noch nicht ausgetauscht – gestern schien er körperlich und psychisch völlig am Ende zu sein und ich fürchte, dass er an seiner vollkommenen Erektionslosigkeit auf einer Sexparty noch eine Weile zu knabbern haben dürfte. Ein bisschen verstehen kann ich ihn. Selbst, wenn man mit geringen Erwartungen an eine Sexparty herangeht, dürften kein Sex und eine gigantische Schnittwunde diese noch unbefriedigt lassen.

Von hinten aus der Schlange winkt mir eine rot-gefärbte, mollige Frau Mitte 40 zu. „Huhu, Nele!", kreischt Claudia. „Na, auch wieder hier? Hör mal, später eine schöne Bockwurst mit doppelt Senf, das haben wir uns dann aber auch verdient! Man soll ja pro Blutspende 800 Kalorien verbrennen, hab' ich gelesen. Ich sag mal, das ist dann wohl unser Sportprogramm was? Besser als zwei Stunden Walking, hä?"

Die Aufmerksamkeit der ganzen Schlange liegt bei uns. Ich merke, wie ich rot anlaufe und hoffe inständig, dass niemand Claudia und mich einer gemeinsamen Gewichtsklasse zuordnen würde oder sich denkt, dass wir uns beide die Bockwürste lieber verkneifen sollten. Um die Peinlichkeit, sich schräg über den Schulhof anzubrüllen, schnell zu beenden, strecke ich beide Daumen nach oben und winke ihr damit zu.

„Warte dann auf mich, ja? Oder ich beeile mich und lass gleich beide Arme anzapfen, was? Haha, Blutspenden auf der Überholspur, was?", ruft Claudia und kringelt sich vor Lachen über ihren eigenen Witz.

Die Schlange bewegt sich langsam auf den Innenraum der Turnhalle zu. Ich zeige meinen Blutspendeausweis vor und erhalte einen Spenderfragebogen. Die junge Frau vom DRK will mir einen Kugelschreiber geben, als ich schon meinen eigenen DRK-Kugelschreiber zücke: „Ich komme vorbereitet", sage ich, zwinkere ihr zu und klickere einige Male laut mit dem Kulli, „ich habe schon oft gespendet, da weiß man, wie's läuft!"

„Aha, cool", sagt sie.

Ich setze mich mit dem Fragebogen auf eine Bierbank und will wie gewohnt - meinem gemäßigten Lebensstil zum Dank - im Schnelldurchlauf überall "Nein" ankreuzen, als ich über die Fragen unter Punkt 16 stolpere: „Hatten Sie in den letzten 12 Monaten Sexualverkehr – mit mehr als 3 Partnern?"

Ich kreuze "Ja" an und ergänze handschriftlich "Freitagabend".

„Hatten Sie in den letzten 4 Monaten Sexualverkehr – außerhalb einer festen Partnerschaft?"

Wieder muss ich mein Kreuzchen bei "Ja" setzen, denke aber, dass das schon nicht so schlimm sein wird. Ich habe noch nie von jemandem gehört, der wegen seiner Sexualität nicht Blut spenden durfte. Klar, die Schwulen, aber das ist natürlich auch was ganz anderes, schließlich haben die in der Regel HIV.

Mit meinem ausgefüllten Fragebogen gehe ich zu einer jungen Mitarbeiterin, die meine Antworten prüft, bevor ich weiter zum Arzt gehen darf. Mit einem Textmarker setzt sie bei den Fragen zu Vorerkrankungen, Medikamenten und Auslandsaufenthalten viele kleine Häkchen, auf Seite drei hält sie plötzlich inne und legt den grünen Textmarker zur Seite. Mit einem pinken Stift macht sie drei große Ausrufezeichen neben die Frage 16. Sie schaut mich mit erhobenen Augenbrauen an, gibt mir die Zettel zurück, flüstert: „Viel Glück" und wendet sich eilig dem nächsten Spender zu.

Ich gehe weiter zum Arzt, der den Fragebogen überfliegt und an den Ausrufezeichen hängen bleibt: „Gut, Frau ääh, Frau

Breimers, also, Freitagabend haben Sie mit mehr als drei Personen verkehrt?"

„Ja", sage ich und nicke, „aber zwei davon waren Frauen und der Mann ist nicht in mir, sondern auf meinen Bauch gekommen. Ich hatte also nicht wirklich Sex, wissen Sie."

„Nun, Frau Breimers, das freut mich zu hören, aber das ist schlichtweg zu viel. Waren Sie nicht sonst immer mit einem jungen Mann hier? Der kam mir so anständig vor. Was ist denn aus dem geworden?"

„Der war auch dabei, hatte aber keine Erektion", erwidere ich und frage mich, wieso um alles in der Welt ich bei der Blutspende über den Penis meines Freundes spreche. Auch der Arzt scheint verwirrt, aber ich meine – er hat doch gefragt, oder etwa nicht?

„Frau Breimers, ich muss ganz offen zu Ihnen sein: Das sind zu viele Geschlechtspartner – egal, wohin sie gekommen oder nicht gekommen sind. Und wenn das ein einziger Freitagabend war, dann kann ich nur erahnen, wie viele Partner Sie binnen der letzten 12 Monate – wie sagen Sie junge Leute – vernascht haben. Sie dürfen heute leider kein Blut spenden, da Ihr Sexualverhalten einen sehr großen Risikofaktor darstellt."

„Oh", sage ich, „äh, dann gehe ich wohl mal?"

„Ja, gerne zügig, damit der Ablauf nicht aufgehalten wird", sagt der Arzt.

Ich greife nach meiner Handtasche und stehe auf.

„Die Bockwurst fällt damit aber auch aus für Sie, die ist nur für erfolgreiche Spender", ruft der Arzt mir hinterher.

Ich beschleunige meine Schritte und laufe Richtung Ausgang.

„Neleee", ertönt es da hinter mir, „zur Spende geht's da lang."

Claudia sitzt auf einer der Bierbänke und zeigt lachend nach rechts. „Oder hast du etwa gekokst und darfst nicht mehr spenden?", ruft sie und lacht schrill. „Oder, oder, oder hattest du Sex mit mehr als drei Geschlechtspartnern? Hahaha, mehr als drei, das soll man sich mal vorstellen."

Claudia lacht grunzend angesichts dieser offensichtlich absoluten Unvorstellbarkeit.

Ich will schnellstmöglich raus aus der Turnhalle und mich nicht für meinen "Nicht-der-Spende-würdig"-Stempel rechtfertigen.

„Ich hab' schlimmen Durchfall!", rufe ich Claudia durch die Halle zu, nehme die Beine in die Hand und renne hinaus. Ich komme bis zur nächsten Straßenecke, an der ich mit Seitenstechen und Schnappatmung zum Stehen komme. Wenige Wochen Sex-Experiment mit Paul und ich bin von der blutspendenden Vorzeige-Nachbarin zu einer Person verkommen, die wie ein geprügelter Hund aus der Turnhalle schleichen muss. Beim nächsten Mal - falls ich nochmals wiederkommen sollte - werden alle auf dem Pausenhof Abstand zu mir halten, da bin ich mir sicher.

Vielleicht erzählt der Arzt seinen Kollegen nach Feierabend, dass heute die Dorfhure bei ihm Blut spenden wollte – und dann werden die DRK-Mitarbeiter auf dem Boden liegen vor Lachen, weil niemand Hurenblut haben will und ich das hätte wissen müssen.

Ich schließe die Wohnungstür auf. Paul liegt auf dem Sofa und schaut fern. Seinen Fuß hat er hochgelegt, durch den Verband sickert etwas Blut.

„Schlechte Neuigkeiten", sagt er und hält sein Handy in die Höhe, „Jasmin und Jannik sind mega angepisst. Wir müssen alle 40 Euro an die beiden überweisen, weil das ganze Sofa voll mit Wichse und anderem Kram ist und die es jetzt professionell reinigen lassen müssen. Und sie wollen wissen, wer die Vase kaputt gemacht und kein Wort dazu gesagt hat. Ist wohl die Lieblingsvase von Jasmin und Erbstück ihrer Oma. Sie schreibt, dass es teuer für den werden kann, der sie kaputt gemacht hat. Hier, sogar mit sechs Ausrufezeichen."

„Ach kacke", sage ich, „was machen wir denn jetzt?

„Blockieren?", schlägt Paul vor.

„Super Idee", sage ich.

Manchmal sind wir echt ein gutes Team.

10. Vorhang auf!

Schon als kleines Mädchen habe ich davon geträumt, einmal Schauspielerin zu werden. Wie Kate Winslet in Titanic, das wäre richtig toll. Ich glaube aber, dass die meisten Schauspieler schon früher in ihre Karriere starten, mein Zug ist also nicht nur bereits abgefahren, sondern schon einige Stationen weiter – auf dem Abstellgleis in Hamm vielleicht, dem wahrscheinlich beschissensten Bahnhof Deutschlands, an dem es immer fünf Grad kälter ist als im Rest der Bundesrepublik und jede einzelne Bahn verspätet einfährt.

Auf jeden Fall habe ich mich sehr gefreut, als Paul vorschlug, dass wir mal ein Rollenspiel ausprobieren könnten. Meine ersten und letzten Berührungspunkte mit der Schauspielerei waren beim Krippenspiel meiner Gemeinde – ich spielte ein Schaf, verpasste meinen Einsatz und vergaß dann noch den Text.

Wenn mir in meinem Leben schon kein großes Publikum vergönnt ist, will ich jetzt zumindest vor Paul brillieren; die Rolle meines Lebens spielen. Vor meinem inneren Auge sehe ich verschiedene Szenen klar vor mir: Ich als umsorgende, liebevolle Krankenschwester, er als leidender Patient; ich als devote Sekretärin, er als Chef, der sich nimmt, was er will; ich als strenge Lehrerin, er als reumütiger Schüler, der seine Noten um jeden Preis aufbessern will. Auch als Verbrecher fände ich Paul gut – und ich wäre dann die sexy Polizistin, die ihm die Handschellen anlegt und sagt: „He, Sie böser

Verbrecher. Entweder Sie ficken mich jetzt hart und gut oder ich muss Sie ins Gefängnis werfen."

Paul grätscht in mein Gedankenkino wie der laut rufende Eismann in die Filmvorschau im Cineplex Kino: „Und Nelemaus, ich hätte da auch schon eine Wunschvorstellung, in welche Rollen wir schlüpfen. Du bist "Naughty Nele" und ich "Power Pinch Paul"."

„Hä?", frage ich.

„Na, Wrestler eben", sagt Paul.

„Aha", sage ich und frage mich, wie lange er schon an seiner Fantasie und diesen Namen gefeilt hat. Ein spontan-kreativer Kopf ist Paul nämlich sonst eher nicht. Meine Frage beantwortet Paul, ohne, dass ich sie ausgesprochen habe. Er geht hinüber in sein Büro und kommt mit einer Plastiktüte in der Hand zurück.

„Ich habe uns auch schon Kostüme besorgt", sagt Paul stolz.

Jeder Karnevalist würde die Hände über dem Kopf zusammenschlagen, wenn er wüsste, dass ein Bikini und eine Badehose soeben den Titel "Kostüm" verliehen bekommen haben. Nicht mehr und nicht weniger zieht Paul nun nämlich aus der Tüte. Mein Bikini ist winzig; er besteht eigentlich nur aus einigen wenigen Schnüren und ist neonpink. Pauls Badehose lässt ebenfalls wenig Raum für Fantasie, sie ist eng und strahlt in grellem Grün. Wenigstens etwas Schminke hat er noch besorgt.

„Und wie soll das funktionieren?", frage ich, „Wrestling hat doch nichts mit Sex zu tun."

„Sorry Nele, gar keine Lust, das zu erklären. Du googelst doch sonst alles...mach das jetzt mal mit dem Suchbegriff "Evolved Fights" und dann sehen wir uns morgen um 18 Uhr, okay?", sagt Paul und ich stimme zu.

Ich setze mich direkt an meinen Laptop und bin gespannt auf die Früchte meiner Recherche – endlich tauche ich in Pauls Wrestling-Welt ein. Normalerweise scheucht er mich aus seinem Büro, wenn er Wrestlingkämpfe schauen will – und wenn ich mal aus Versehen ins Büro komme, wird er immer ganz hektisch und ranzt mich an. Während meiner Recherche lande ich erneut bei Markt.de, dem eBay-Kleinanzeigen für Geisteskranke. Eine Frau sucht einen Kampfgegner – und ich bin mir unsicher, ob Paul sich den morgigen Abend wirklich so vorgestellt hat:

"Ich suche nach einem Mann, der gegen mich antreten möchte Es ist alles erlaubt (außer Schläge ins Gesicht oder gegen den Kopf). Schläge, Tritte in den Bauch, Rücken und mehr. Wenn du verlierst – und das wirst du – wirst du von mir und meinem Freund gefickt und als Sklave gehalten. Zu mir: Ich bin weiblich, 30 Jahre alt, 168 cm groß, 126 kg schwer."

Ich recherchiere weiter. Tatsächlich scheint es immer so zu sein, dass drei Runden a sechs Minuten gekämpft werden – und am Ende der Verlierer vom Gewinner nach dessen Belieben gefickt wird. Mit den genauen Regeln setze ich mich nicht auseinander; die Punktevergabe erscheint mir etwas zu kompliziert für eine simple Rangelei. Ich merke mir lediglich einige Dinge, zum Beispiel, dass sexuelle Attacken besonders zählen – und ich beim Oralverkehr aufpassen muss, dass Paul mich nicht wehrlos macht, indem er mir mit seinem Penis die Luftzufuhr nimmt. Als ob ich nicht nach wie vor hervorragend atmen könnte, selbst wenn er mir seinen Hoden noch mit in den Mund hängt. Da mache ich mir also keine Sorgen. **Verboten sind Beißen, Reißen an den Haaren, Kopfschläge, jede Art von Boxen und das Schlagen mit Ellenbogen und Knien sowie Angriffe auf die Augen. Ein vorzeitiges KO soll durch mehrere Geschehnisse bewirkt werden können: Einen Orgasmus, Erbrechen und Ohnmacht oder wenn eine der Personen keine Luft mehr bekommt.** An einer Stelle steht, dass Frauen sehr gut an der Vagina festgehalten werden können und ich finde, dass es klingt, als könnte man mich als Handpuppe benutzen, sobald man einen Finger in mich eingeführt hat.

Nach einigen Stunden Recherche habe ich das Gefühl, mich gut eingelesen zu haben und somit bestens vorbereitet zu sein. Keine Ahnung, ob Paul einen großen Vorteil daraus ziehen kann, dass er sich täglich Wrestlingshows ansieht, aber ich bin kämpferisch gestimmt und mehr als bereit für mein Debüt als Schauspielerin.

Wir haben beschlossen, den Kampf im Esszimmer stattfinden zu lassen. **Deshalb rücken wir vor dem Anpfiff einige Möbel zur Seite und kleben zur Sicherheit die Kanten von unserem Esstisch ab. Auf den Boden legen wir ein großes Bettlaken: Unsere Kampfarena.** Durch die Umräumaktion fühle ich mich zwar schon weitestgehend aufgewärmt, zur Sicherheit mache ich aber noch ein kleines Danceworkout mit Pamela Reif. Nach vier Minuten breche ich ab, weil ich keine Lust mehr habe – ich hasse es, wie sie in den Videos die ganze Zeit lächelt. Ich ziehe mir das pinke Etwas bzw. Nichts über und gehe ins Bad, um mein Gesicht zu schminken. Als Vorlage habe ich mir Gene Simmons Maske von Kiss genommen – die hatte schon immer etwas Gefährliches, finde ich. Recht zufrieden mit dem Resultat verlasse ich das Badezimmer und steuere die Kampfarena an. Paul steht schon bereit. Er tänzelt breitbeinig auf dem Bettlaken umher und verpasst der Luft leichte Boxhiebe. Er hat sich gelbe und rote Blitze auf die Wangen geschminkt, vom Kinn bis hinauf zur Stirn zieht sich eine Flamme. Sein dunkles Schamhaar ballt sich über der engen Speedo, die linke Hälfte seines Hodens hängt aus der grellgrünen Badehose heraus.

„Willkommen zum Kampf, Naughty Nele", sagt Paul und boxt noch dreimal in die Luft.
„Hey", sage ich und betrete das Bettlaken.
„Nele, spiel' bitte richtig mit", sagt Paul mahnend.
„Sei gegrüßt, Power Pinch Paul", sage ich, „kämpfen und siegen ist mein Motto des Abends."
„Dass ich nicht lache, Naughty Nele, dir wird heute noch Hören und Sehen vergehen. In 30 Sekunden geht es los. Bist du bereit?", fragt Paul.
„Bereit geboren", erwidere ich.
Die letzten zehn Sekunden zählen wir gemeinsam runter, dann gehen wir in geduckter Haltung aufeinander zu. Paul hat einen leichten Ständer, die Badehose steht ein Stück vom Bauch ab. Kurz rangeln wir ein bisschen und versuchen, uns gegenseitig zu Boden zu drücken, als ich den hinteren Teil seiner Badehose zu greifen bekomme. Ich ziehe fest daran und

verpasse ihm einen Ritzenputzer erster Güte. Paul schreit auf, was mich nur dazu motiviert, noch fester an der Badehose zu ziehen. Ich höre den Stoff leicht reißen, als ich ihn auf seine maximale Dehnbarkeit teste, Paul quietscht mittlerweile wie ein Meerschweinchen, auf das man versehentlich getreten ist. Er sinkt auf die Knie und schlägt blind um sich.

„Hör bitte auf", kreischt Paul. Das "U" zieht sich in die Länge, als ich seinen Badehosenstring nochmals mit einem Ruck nach oben ziehe und ihm einen Tritt in den Bauch verpasse.

„Sonst was, Poor Paulchen", fauche ich, trete ihn auf die Seite, lasse von der Badehose ab und setze mich auf seine Brust. Er versucht, mich von sich zu stoßen und windet sich dabei wie ein jämmerlicher kleiner Wurm. Ich lache und fasse hinter mich, um seine Eier in den Schraubgriff zu nehmen. Ich greife in ein glitschiges Nass und rutsche ab. Paul ist scheinbar längst gekommen und hat es mir nicht gesagt. Ich habe den Kampf frühzeitig gewonnen.

„Scheiße man", stöhnt Paul gequält, als er bemerkt, dass ich ihn bei seinem Fauxpas erwischt habe, „was für eine riesengroße Kacke."

Ich steige von seinem Brustkorb ab und schaue aus der Vogelperspektive auf ihn herunter.

„Na, das war ja ein schneller Kampf, Herr Wrestlingexperte", sage ich und grinse zufrieden.

„Mmh", grummelt er, „also Naughty Nele, wie willst du mich ficken?"

„Gar nicht", sage ich, weil sein Outfit und seine Kampfleistung für mich ein absoluter Abturn waren, „ich will, dass du für den

Rest des Abends deine Spermabadehose auf dem Kopf trägst wie eine Idiotenmütze."

„Aber so gehen die Regeln nicht", sagt Paul.

„Mach's oder ich ziehe nochmal", sage ich.

„Große Scheiße", sagt Paul und zieht sich die tropfende Hose über den Kopf.

Wir schauen gemeinsam einen Film und essen – ganz sportler-like – Reis mit Hühnchen. Später am Abend fängt Pauls Kopf mächtig an zu stinken. Ich schicke ihn ins Bad, damit er sich die Haare wäscht. Was für ein Tag, ich fühle mich gut als Naughty Nele.

Nachspiel
Neles POV

In den Tagen nach unserem Kampf durchlebe ich ein Wechselbad der Gefühle. Während ich in den ersten Nächten oft mit Lachkrämpfen aufwachte, weil mich Pauls stinkender Spermahut bis in meine Träume verfolgte, machte ich mir tagsüber Gedanken darüber, ob ich wirklich mit einem Mann zusammen sein will, der mir körperlich unterlegen ist und ob es nicht vielleicht ein sehr schlechtes Zeichen ist, dass es mir so viel Spaß bereitet hatte, ihn zu demütigen. Ich persönlich hatte bei diesem Rollenspiel nämlich keineswegs Lust empfunden, sondern in erster Linie meine Aggressionen Paul gegenüber entdeckt – und ausleben können.

In einer Nacht träumte ich, dass Paul und ich mit dem Auto im Urlaub waren und auf der Fahrt verunglückten. Während ich den Unfall unbeschadet überstand, musste Paul in einer Notoperation im Krankenhaus die Rosette aufs Gesicht genäht werden. Rein optisch bestand nach der OP keine Veränderung zum ursprünglichen Zustand. Wie ich diesen Traum deuten soll, weiß ich zwar noch nicht – ich bin mir aber sicher, dass Psychologen ihre wahre Freude an einer tiefenpsychologischen Deutung haben würden.

Nachspiel
Pauls POV

Ich habe gegen Nele verloren und das kann echt nicht sein. Ich denke, es liegt daran, dass Nele etwas zugelegt hat – dadurch spielt sie dann natürlich direkt in einer ganz anderen Gewichtsklasse. Im Wrestling-Forum "Harte Kerle" schildere ich meine Erlebnisse; die anderen Nutzer stimmen mir zu und ich bin beruhigt. An zu geringer Körperkraft oder miserabler Kampftechnik meinerseits kann es nicht liegen, also könne meine Niederlage nur durch Neles Körpergewicht begründet werden, da sind sich meine Wrestlingbrüder einstimmig sicher. Ich werde Nele in den nächsten Tagen immer mal beiläufig in den Bauchspeck kneifen, um ihr subtil mitzuteilen, dass sie dicker geworden ist. Das erscheint mir eine angemessene Rache für die Spermabadehosen-Strafe zu sein.

Den Verlauf des Kampfabends hatte ich mir vollkommen anders vorgestellt. Ich dachte, dass es ein erotisch aufgeladener Sexkampf wird, bei dem ich Nele körperlich ganz klar dominiere und sie danach in meinem Spielzimmer penetriere, während im Hintergrund eine Wrestlingshow läuft.

Aber: Unverhofft kommt oft. Wieso ich so schnell und unerwartet gekommen bin, weiß ich selbst nicht. Vielleicht hatte es etwas mit der Unterhose in meinem Hintern zu tun, das ist aber nur eine vage Vermutung. In meinen Augen war das Rollenspielexperiment auf jeden Fall ein mächtiger Schuss in den Ofen.

11. Talk dirty to me

Paul hat gesagt, dass es sich anfühlt, als ficke man einen toten Fisch, wenn man mit mir schläft, weil ich nie etwas sagen würde. Sex mit mir sei eine ähnliche stille Angelegenheit wie ein Mittagsschlaf auf einer Waldlichtung, meinte Paul. Seine Aussage und beide Vergleiche fand ich echt gemein – und ehrlich gesagt auch etwas anmaßend von jemandem, dessen Sex-Gesprächs-Repertoire nach "Dreh dich mal" und "Hier, Klopapier" bereits erschöpft ist. Ich erwiderte, dass er mir schließlich in der Regel auch nicht besonders viel Zeit zum Reden lasse – daraufhin hielt Paul aka der Ein-Minuten-Mann seinen Mund.

Per WhatsApp klären wir am nächsten Tag, dass wir uns dennoch beide ein wenig in die Thematik "Dirty Talk" einlesen werden. Da wir Monatstag haben, beschließen wir, abends essen zu gehen. Ich gehe gerne schick essen, deshalb schlage ich vor, dass wir ins Extrablatt gehen könnten, Paul stimmt begeistert zu. Wir lieben es im Extrablatt. Ein Restaurant mit Club-Atmosphäre: Spiegel, Lichter, laute Chart-Mukke – die Grundbausteine für einen guten Abend sind in dem Restaurantkonzept bereits enthalten.

Auf dem Weg in die Stadt bereitet mir die Schwerkraft ein unangenehmes Problem. Zuhause hatte ich mich noch schnell abgeduscht und versucht, es mir mit dem Massagestrahl unseres Duschkopfes selbst zu machen. Das Unterfangen war mäßig erfolgreich, es blieb bei dem Versuch. Auch wenn der minutenlang auf meine Scheide gerichtete Wasserstrahl mir keinen Orgasmus beschert hatte, so hatte er doch eines vermocht: Mir eine Menge Wasser in mein Innerstes zu pumpen. Bei jedem Schritt schießt ein kleiner Schwall Wasser in meine Unterhose, nach zwanzig Metern würde ich am liebsten wieder umkehren und mich umziehen.

Im Extrablatt angekommen steuern wir einen Tisch in der Ecke des Raums an und setzen uns. Ich habe das Gefühl, mich auf einen vollen Schwamm zu setzen und bilde mir ein, ein schmatzendes Geräusch aus meiner Hose zu vernehmen. Wir bestellen zwei Prosecco bei unserem Kellner Marco.

„Heute ist unser Monatstag", begründe ich unsere Bestellung, „da kann man sich schonmal was gönnen."

„Na, da seid ihr hier ja genau richtig", sagt Marco augenzwinkernd.

Keine Ahnung, ob er mit mir flirten oder mich auf den Arm nehmen will, seit der Sache mit Diego habe ich aber so oder so keine Lust mehr auf Südländer.

Marco aka Diego 2 bringt uns unsere Prosecco, Paul bestellt eine Riesencurrywurst mit Pommes, ich Chicken Fingers, Pommes und einen kleinen Salat. Wir stoßen an, sagen: "Auf uns" und scheinen beide erleichtert zu sein, dass das Essen sehr bald kommt. Mehr Essen im Mund bedeutet weniger Gespräch. Wir essen schweigend. Zum Glück ist die Musik im Extrablatt immer einen Mü zu laut, so höre ich nicht, wie er bei jedem Schluck von seiner Cola gluckst wie ein Pony mit Speiseröhrenkrebs im Endstadium. Ich hasse es, wenn Paul trinkt.

Während ich meine letzte Pommes in Mayo tunke, schlüpfe ich mit dem rechten Fuß aus meiner Stiefelette und strecke mein Bein unterm Tisch aus. Ich fahre mit meinen Zehen an Pauls Wade entlang hoch bis zum Knie und bahne mir schließlich den Weg zu seinem Schritt.

„Ich würde aufs Dessert lieber verzichten", sage ich und sauge verführerisch an meiner Pommes, „weil ich etwas kenne, das noch viel leckerer ist."

„Ach, ist schon Cocktail-Happy-Hour? Zwei Jumbococktails zum Preis von einem?", fragt Paul begeistert.

„Nein Paul, bei uns zuhause, verstehst du?", frage ich und drücke meinen großen Onkel nachdrücklich gegen seinen Schritt.

„Sag jetzt nicht, dass wir noch Dino-Nuggets im Tiefkühlfach haben, dann flipp' ich aus!", sagt Paul, erneut voller Freude.

„Man, ich rede von meiner Scheide!", fauche ich ihn an.

Paul legt seine Stirn in Falten und guckt irritiert, dann glättet sich seine Stirn wieder - ihm scheint bewusst zu werden, dass ich gerade in Begriff bin, ihm verführerischen Dirtytalk um die Ohren zu hauen.

„Ach, deine kleine nasse Lustspalte meinst du wohl", ruft er mir über die Extrablatt-Hits hinweg zu.

Ich finde die Wortwahl seltsam, nicke ihm aber zwinkernd zu. Ich beuge mich über den Tisch und hauche Paul zu: „Wenn wir gleich zuhause sind, werde ich dafür sorgen, dass du nicht mehr klar denken kannst. Sobald die Tür ins Schloss fällt, werde ich hungrig über dich herfallen, deinen Hals küssen und dann mit meinen Lippen langsam deinen Bauch herabwandern und dich mit Küssen bedecken, während dein

Geruch wildes Begehren in mir weckt. Ich gleite an deinem Körper herunter, bis ich an deinem extrem harten Glied ankomme...".

Paul unterbricht mich: „Ja, bück dich, du geiles Luder. Lutsch meinen Schwanz hart und tief, dass meine Eichel an deine Mandeln stößt und du nach Luft ringen musst. So ist es artig, kleines Miststück. Ich stoße meinen Lustprügel immer wieder in deinen kleinen Mund, bis du mich anflehst, aufzuhören. Ich belehre dich, dass man mit vollem Mund nicht spricht und mache weiter. Du hast erst aufzuhören, wenn ich es dir sage."

Paul scheint sich in Rage zu reden – er redet immer schneller und das Mittfünfziger-Paar am Nebentisch guckt interessiert und irritiert zugleich zu uns rüber.

„Ich ziehe dich an deinen Haaren hoch und drücke dich gegen die Wand", fährt Paul fort, „stöhn gefälligst lauter, wenn ich dir den Arsch versohle. Auch die Nachbarn sollen hören, dass du gerade richtig durchgenommen wirst. Keine Sorge, Nele, dein dreckiges Loch stopfe ich dir auch noch. Du kleine Hure bist so nass, dass du auf den Boden tropfst – die Sauerei wirst du gleich schön auflecken. Aber erst einmal ficke ich dich mit meinem ultraharten, großen Schwanz, bis ich in dein kleines Gesicht abspritze."

Ich wische mir mehrere Spucketropfen aus dem Gesicht, die mir die Wange herunterlaufen. Paul hat in seiner Aufregung eine übertrieben feuchte Aussprache.

Paul hält inne. Er holt hastig Luft, scheinbar hat ihn die Geschichte angestrengt.

Der Mann am Nebentisch winkt den Kellner zu sich, um endlich bezahlen zu dürfen, seine Frau guckt mich voller Mitleid an, während sie eilig ihren Mantel anzieht.

Ich atme tief ein und und schaue Paul in die Augen.

„Sag mal, Paul, hast du sie eigentlich noch alle?", meine Stimme zittert. „Das war so übertrieben respekt- und würdelos. Kommt die Scheiße aus deinem Kopf? Denkst du schon immer so? Dann bist du einfach nur krank!", rufe ich und stehe auf.

Blind vor Tränen stoße ich auf dem Weg zur Tür gegen drei Stühle und trete einem Hund auf die Pfote – das Jaulen klingt noch in meinen Ohren nach, als die Tür wieder hinter mir zufällt.

Nachspiel
Neles POV

Ich laufe orientierungslos kreuz und quer durch die Stadt und frage mich, wie ich mich jahrelang so sehr in Paul täuschen konnte. Ich dachte immer, dass er mich wertschätzt und achtet – ein Gedanke, der von Pauls verachtendem Monolog im Extrablatt Lügen gestraft wurde.

In meinem Kopf versuche ich, eine Pro-Kontra-Liste für Paul und unsere Beziehung zu erstellen. Von Freundinnen weiß ich, dass es meist schon vorbei ist, wenn man eine solche Liste erstellt, aber ich will es dennoch versuchen. Auf der Pro-Paul-Seite vermerke ich, dass wir uns schon lange kennen und es für beide enorm umständlich wäre, aus der gemeinsamen Wohnung auszuziehen.

Als Minuspunkte fallen mir gleich mehrere Dinge ein, die mir erst in letzter Zeit aufgefallen sind, die ich seither aber nicht mehr ausblenden kann: Wie oft Paul sich in den Schritt fasst und an den Eiern kratzt, ohne sich danach die Hände zu waschen, wie häufig die Anzahl seiner Unterhosen nicht mit den vergangenen Tagen seit der letzten Wäsche übereinstimmen – und wie er beim Geschlechtsverkehr nicht in der Lage ist, mich normal zu küssen, sondern mir stattdessen nur noch die Zunge wie einen dicken, schweren Lappen in den Mund hängt.

"Oft echt ekelhaft" nenne ich die Zusammenfassung dieser drei Punkte auf der Kontraliste.

Ohne es zu merken, bin ich wieder an unserem Haus angekommen. In unserer Wohnung brennt Licht, also ist Paul wohl zuhause. Ich atme tief durch, schließe die Haustür auf und steige die Treppe hoch. Unschlüssig bleibe ich vor unserer Wohnungstür stehen und denke darüber nach, was ich jetzt machen soll. Ich beschließe, ein ernstes Gespräch mit Paul zu führen und ihm zu sagen, dass es mir schwerfällt, eine Zukunft für uns und unsere Beziehung zu sehen.

Als ich die Tür öffne, fällt mein Blick auf Paul, der mit einem kleinen Strauß Rosen und einem Poster "Liebe ist...wenn man sich vergibt" im Wohnzimmer steht – über unsere Boombox läuft "Lieblingsmensch" von Namika.
Wie sollte ich so einem Mann ernsthaft lange böse sein können?
Er ist einfach ein Goldschatz.

12. Der kleine Tod

Ich mag Sperma nicht besonders gern und Paul weiß das auch. Ich finde, dass Hodensekret seltsam riecht, ein wenig wie gebratenes Ei, kurz bevor es fest wird. Hinunterbekommen habe ich Pauls Samen nur ein halbes Mal; wie Tapetenkleister hat mir sein Erguss damals den Rachen zugeklebt und mir den Atem geraubt. Als ich zum Sprint Richtung Waschbecken ansetzte, um den zu Flüssigkeit gewordenen Albtraum aus meinem Hals zu rotzen, schwor ich mir: Einmal und nie wieder.

Als Paul und ich jedoch vor einigen Tagen ein Krisengespräch führten, meinte Paul, dass ein bisschen mehr Sperma-Offenheit meinerseits unsere Beziehung retten könnte. Tatsächlich lief es bei uns in letzter Zeit – trotz Versöhnung zu Namikas Hit - überhaupt nicht gut und ich würde gerne etwas dafür tun, dass wir uns einander wieder annähern. Ich mag Paul trotz aller Differenzen in den letzten Monaten einfach wirklich gern und bin deshalb zu fast allem bereit. Und wenn "fast alles" bedeutet, dass ich mich heute von einer Gruppe fremder Männer im Rahmen einer Bukkake-Party anejakulieren lassen muss, dann springe ich bereitwillig - mit Anlauf und in hohem Bogen - über meinen Sperma-Schatten.

Es ist zwölf Uhr an einem Sonntag, Paul und ich laufen gemeinsam die Straße entlang. Es ist ein vergleichsweise warmer Februartag, ich habe meine Winterboots gegen Vans und den Mantel gegen eine Sweatshirt-Jacke ausgetauscht. Ich liebe es, wenn langsam aber sicher der Frühling einkehrt.

Ich kenne mich mit Bukkake-Partys zwar nicht aus, aber ich finde, dass ein Sonntagmittag ein denkbar schlechter Termin für eine derartige Veranstaltung ist. Andere Menschen kommen gerade aus der Kirche oder ziehen sich ihre Partner-Outdoorjacken an, um nach einem gemütlichen Spaziergang durch den Stadtwald noch bei Kaffee und Kuchen entspannen zu können - und wir sind unterwegs zu einer Gruppenejakulation.

Dass unser Vorhaben zu dieser ungewöhnlichen Uhrzeit stattfinden muss, ist der Tatsache geschuldet, dass die zu diesem Zweck angemietete Turnhalle leider zu allen anderen Zeiten belegt ist. Um 14.30 Uhr kommen schon die Mini-Kickers, um 17 Uhr trainiert eine Damen-Volleyballmannschaft. Wir dürfen uns im Vorfeld also nicht mit Rumgeplänkel aufhalten, sondern müssen gleich zur Sache kommen.

Das Treffen hat Paul gemeinsam mit einem Bukkake-Erfahrenen von Joyclub organisiert. Es sollen noch elf weitere Teilnehmer kommen, von denen wir bisher nicht mehr als die Nicknamen wissen und eine anteilige Zahlung für die Turnhallenmiete erhalten haben.

Wie es mittlerweile meine Angewohnheit ist, habe ich mich vorab in die Thematik eingelesen – und mir vorsichtshalber eine Schwimmbrille im Action Markt besorgt. Am liebsten hätte ich dem Kassierer erzählt, zu welchem Zweck ich die Brille kaufe, aber er schien arabischer Herkunft zu sein und ehrlich gesagt bin ich mir nicht sicher, ob man Frauen für derlei Offenbarungen in seinem Heimatland traditionellerweise anzündet. Ich behalte mein kleines Geheimnis also für mich und bete, dass die Brille mich vor Munition, die übers Ziel hinausschießt und vor Reizungen der Bindehaut bewahren möge.

Paul hatte in der Gruppe vorgeschlagen, dass wir aus dem Bukkaketreffen ein Spiel machen und alle Teilnehmer waren begeistert von dem Vorschlag, mich als lebendige Dartscheibe zu benutzen. Nach dem Frühstück brachte Paul deshalb über eine Stunde damit zu, mir mit verschiedenfarbigen Edding-Stiften Kreise und Zahlen auf Bauch, Brust und Rücken zu malen. Die meisten Punkte soll es – zu meinem Leidwesen – für meinen Bauchnabel geben. Ich habe einen dieser Bauchnabel, die wie ein schwarzes Loch scheinen – was einmal hineinkommt, findet nur selten den Weg wieder hinaus. Es ist also nicht unwahrscheinlich, dass ich nach unserem heutigen Vorhaben noch wochenlang aus dem Bauchnabel stinken werde. Während ich mich und meine Körperbemalungen nackt im Spiegel betrachtete und mir vorstellte, wie ich wenige Stunden später vom Ejakulat einer Horde Männer begossen werde, zweifelte ich nach wie vor daran, dass dieses Erlebnis der Kitt für Pauls und meine Beziehung sein soll.

Paul und ich laufen weiter die Straße entlang, er scheint guter Dinge zu sein. Ich verstehe nicht ganz, was ihn an unserem Vorhaben so erheitert. Aber sollte der heutige Tag dafür sorgen, dass wir wieder glücklicher mit- und liebevoller zueinander sind, dann sind mir die Hintergründe egal.

Paul pfeift leise und kickt einen Stein vor sich her, linker Fuß, rechter Fuß, linker Fuß, dann schießt er den Stein geschickt um einen Laternenpfahl herum. Man könnte fast meinen, dass Paul sportlich ist. Er lupft den Stein leicht an und schießt ihn deutlich weiter weg als die Male zuvor. Der Stein landet auf der Straße, Paul rennt hinterher.

Man sagt, dass Unfälle, schicksalhafte Momente, in der Regel so schnell passieren, dass man keine Gelegenheit hat zu reagieren. Diese Aussage trifft in Pauls Fall nicht zu – immerhin steuert die elektrische Fahrradriksha mit maximal 20 km/h auf Paul zu, der sich auf der Straße nach seinem Stein bückt. Die Fahrradriksha aus einem benachbarten Pflegeheim hat gleich zwei Senioren geladen; ein Zustand, der gleichermaßen das Gewicht zu erhöhen, als auch die Sicht zu beeinträchtigen scheint. Zumindest macht der Fahrer keine Anzeichen zu bremsen – ganz so, als bemerke er den dünnen Jungen auf der Fahrbahn nicht.

Der Zusammenstoß der schwer beladenen Riksha mit Pauls schmächtigem Körper verursacht einen dumpfen Knall, gefolgt von einem Geräusch, das sich anhört wie das angestrengte Zusammenknüllen eines leeren Joghurtbechers, den man noch auf Teufel komm raus in den Plastikmüll zwängen will, obwohl der Mülleimer mal wieder gnadenlos überfüllt ist, weil man sich seit Wochen vor dessen Entleerung drückt.

Ich bin kein Experte, glaube aber, dass der Joghurtbecher-Sound Pauls brechende Knochen sind. Ich bin wie gelähmt und starre auf die Straße. Der Rikshafahrer hat bereits ein

Warndreieck aufgestellt und beginnt, Hütchen samt Absperrband um die Unfallstelle zu verteilen.

Endlich erwache ich aus meiner Schockstarre und laufe hinüber, um dem Fahrer bei der Sicherung des Tatorts zu helfen.

Paul fällt mir wieder ein. Ich gehe hinüber zum Höllengefährt und begutachte die Lage. Ein Rad des Fahrrads schwebt in der Luft und dreht sich, die orangefarbenen Katzenaugen blitzen in der Sonne. Paul liegt unter der Rikscha begraben, der Fuß eines Seniors, der nach wie vor seelenruhig und angeschnallt im Wagen sitzt, baumelt direkt über Pauls Gesicht.

Der Form halber stelle ich mich kurz vor; die beiden Senioren heißen Wilhelm und Dieter. Sie haben sich schon die ganze Woche auf die Ausflugsfahrt gefreut und fragen, wann es denn nun endlich weitergeht, immerhin warte schon Kaffee, Bier und Bienenstich auf das Seniorengespann.

Da ich den beiden nicht weiterhelfen kann, wende ich mich wieder Paul zu. Ich habe jede Folge Greys Anatomy geschaut und kann mich deshalb beinahe als medizinisches Fachpersonal bezeichnen. Ein geschulter Blick verrät mir: Hier kommt jede Hilfe zu spät. Pauls Tod war seines Lebens würdig – er ist ebenso schnell gegangen, wie er üblicherweise gekommen ist.

Ich habe noch nie eine echte Leiche gesehen. Meine Nackenhaare stellen sich auf und ein Schauer läuft mir über den Rücken. Urplötzlich überkommt mich das Gefühl, dass ich dieser Situation so schnell wie möglich entkommen muss – ich halte den Anblick von Pauls totem Körper keine Sekunde länger aus.

Der Rikschamann wird sich schon kümmern, beschließe ich, auch wenn ich aus dem Augenwinkel sehe, wie er zitternd in sein Handy schluchzt und am Rande des Nervenzusammenbruchs zu stehen scheint. Ein bisschen verständlich, immerhin hat er gerade jemanden umgebracht.

Ich laufe auf direktem Weg nach Hause, mit jedem Schritt renne ich ein bisschen schneller. Die letzten Meter sprinte ich, die Treppenstufen erklimme ich paarweise.

Die Wohnungstür ist kaum hinter mir ins Schloss gefallen, da erwische ich mich dabei, wie ich mich an unserer Sofakante reibe. Ich rufe mir Pauls blasses Gesicht in Erinnerung, fühle seinen leblosen Körper unter meinen Fingerspitzen und reibe meine Scheide wie triebgesteuert immer schneller über die Armlehne. Als ich Pauls leeren Blick vor mir sehe, komme ich. Mein allererster Orgasmus.

Lieber Leser, liebe Leserin!

Erfahre mehr über Neles Abenteuer in:

Genital Traffic Pt. 2

*[Nele reibt sich an Möbelstücken und denkt dabei an tote
Menschen]*